埃里希·瑪利亞·雷馬克

Im Westen nichts Neues

温澤元　譯

Erich Maria Remarque

雷馬克 精選集 1

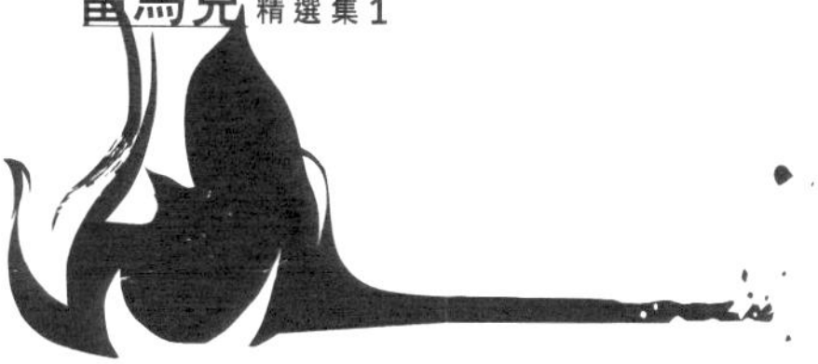

西線無戰事

這本書既不是控訴也不是自白，
只是試圖去呈現一個被戰爭摧毀的世代——
縱然他們在炮火底下倖存。

目次

01

我們在前線後方九公里處。昨天有人來換防，大夥現在肚裡塞滿白豆跟牛肉，吃得相當飽足，剩菜甚至還夠大家晚上再飽餐一頓。另外還有雙份的香腸跟麵包，不可能會餓肚子。掌廚的下士親自出來替大家打菜，他臉紅得像顆紅番茄。他用湯勺招攬每個經過的人，在大家碗裡盛上滿滿的一勺，這種狀況已經很久沒有了。他看起來很苦惱，不曉得怎麼樣才能把燉鍋裡的食物分完。為了儲備食物，提亞登和穆勒弄了幾個臉盆來，每個都裝到快溢出來。提亞登是因為貪吃，穆勒則是以備不時之需。提亞登一直都瘦得像根竹竿，從來沒胖過，那些食物究竟吃到哪去了，大家都想不透。

重點是還有雙份的菸。每人十支雪茄、二十支香菸還有兩塊口嚼菸草，份量很可觀。我用嚼菸和卡欽斯基換香菸，這樣就有四十支，夠抽一天了。

其實這些東西本來不是要給我們的。普魯士人可沒這麼大方，這都是因為估算失誤。

十四天前，輪到我們去前線換防。防守的區段特別平靜，所以在返營那天，軍需官準備正常份量的糧食和軍需品，全員一百五十人，大家都有份。誰曉得最後一天炮火連連，無數炸彈和英國重炮朝我們猛攻，全連傷亡慘重，最後回去的只剩八十人。

大家深夜回營，一回去馬上倒在床上，只想好好睡一覺。卡欽斯基說得對，要是能多睡一點，戰爭就沒那麼可怕。在前線根本沒辦法好好休息，而且要這樣撐十四天實在痛苦。

到了中午才有人從營房爬出來。半小時後，大家拿著餐具圍在野戰鍋爐前，空氣聞起來肥香滋養。排在第一個的當然是肚子最餓的：身高矮小的亞伯特．克洛普。他頭腦清楚，所以只是個二等兵；穆勒隨身帶著課本，幻想著退伍後要回學校考期末考，還有辦法在隆隆炮聲中背誦物理定律；勒爾滿臉絡腮鬍，特別喜歡軍妓院裡的女孩，他堅稱裡頭的女孩都奉命穿著絲質上衣，而且接待上尉階級以上的客人前還得泡澡；排第四的是我，保羅．鮑莫。我們四個都十九歲，上戰場前是同班同學。

排在後面的是我們的朋友，提亞登。提亞登體型瘦小，是一名鎖匠，和我們同齡，是全連最會吃的。坐下來吃飯之前，他看起來纖細清瘦，吃完飯再站起來卻肥得像隻懷孕的臭蟲；海伊．威斯特胡斯跟我們同齡，是個挖煤炭的，他有辦法把軍用裸麥麵包輕鬆握在手裡，然後問大家：猜猜看這個拳頭裡面是什麼；迪特林是農夫，整天只想著自己的農舍和老婆；最後是斯坦尼斯勞斯．卡欽斯基，他是我們這夥人的老大，四十歲，性格頑強、聰明、機智，臉色土黃、雙眼湛藍、圓肩駝背，對於砲彈的煙硝、美食還有輕鬆的工作總是特別敏銳。

我們幾個排在隊伍最前端，站在燉鍋前，已經等得有點不耐煩，因為軍隊廚房的那個傢伙還呆呆站在那裡。

卡欽斯基終於忍不住：「可以開始分菜了啦，海因里希！豆子都已經熟了。」

海因里希帶著睡意搖搖頭：「要等大家都到齊。」

提亞登苦笑說：「都到齊了。」

那位下士還沒搞清楚狀況。「你們是到了，但其他人呢？」

「他們不用你操心了！要不是躺在野戰醫院，就是埋在亂葬岡了。」

那名下士愣住，驚訝地說：「我可是煮了一百五十人份啊！」

克洛普戳了戳他的肋骨：「這次終於可以吃個夠。快點，開動吧！」

提亞登靈機一動，老鼠般的尖臉亮了起來，眼睛狡詐地瞇成一條線，雙頰也陣陣抽動。他湊上前問：「所以，你那邊應該也有一百五十人份的麵包吧？」
下士心不在焉，茫然點點頭。
提亞登抓住他的圍裙：「香腸也是嗎？」
那顆紅番茄又點了點頭。
提亞登顫抖著下巴問：「菸也是？」
「對，全部都是。」
得意全寫在提亞登臉上。「拜託，這才叫走運！這些食物全都是我們的！大家都有份。等一下，所以說，每個人都能拿兩份！」
那顆紅蕃茄回過神來，趕緊澄清：「這樣不行。」
大夥精神都來了，一股腦往前擠。
「為什麼不行？你這個紅蘿蔔頭？」卡欽斯基問。
「一百五十人份的補給品怎麼可以發給八十人。」
「我們分給你看啊。」穆勒吼著。
「吃的就算了，但其他補給品只能照八十人份來分。」番茄頭很堅持。
卡欽斯基火都上來了。「你是不想幹了嗎？你收到的不是八十人份的補給，是整個第二連的，就這麼簡單。我們就是第二連，你全都得發完！」

大家開始推擠那傢伙。他本來就不討喜，誰叫他在戰火交加時不敢把燉鍋放得離戰壕太近，害我們這連負責領食物的人，必須跑得比其他連的人還要遠，常常搞到很晚才拿到飯菜，不然就是早就涼掉了。第一連的布爾克還比較稱職，雖然他胖到像一隻準備冬眠的倉鼠，但在緊要關頭，他還是會親自扛著鍋子到前線。

那時大家火氣正旺，要是連長沒有及時現身，肯定會爆發衝突。他過來瞭解狀況，聽完只說：「對，昨天死傷慘重……。」

然後他往大鍋一瞧：「豆子應該可以吃了。」

紅蕃茄點點頭。「用豬油還有肉一起燉的。」

少尉看著我們，他知道大家心裡在想什麼。其實他很了解我們，因為他剛進這連的時候還只是個下士，是跟大家一起走過來的。他又將鍋蓋掀開，聞一聞豆子的香氣。離開時他說：「等下也裝一大盤給我。補給品全部分一分，大家都很需要慰勞一下。」

紅蕃茄愣了一下。提亞登在他身邊手舞足蹈。

「多分一點你又不會少一塊肉！搞得好像軍需處是這傢伙開的。快點發啊，沒用的傢伙！不要給我算錯。」

「你去死吧！」紅蕃茄怒吼。他氣炸了，這整件事已經超乎他理解，不曉得情況怎麼會變這樣。為了顯示自己什麼都不在乎了，他還主動多給每個人半磅人造蜂蜜。

今天真是個好日子，郵差也來了，幾乎每個人都收到幾封信和報紙。大家閒晃到軍營後方的草地。克洛普腋下夾了一個人造奶油桶的圓形蓋子。

草地右手邊有間大型公廁，不僅結構穩固，還加了屋頂。不過這間公廁是給新兵用的，他們還不曉得怎麼臨機應變、善用身邊現有素材。我們總是在找更方便的辦法。散落四處的小箱子其實就能拿來當馬桶。這些木造小箱子造型方正、乾乾淨淨，四個邊都封住了，坐起來非常舒適。箱子側邊還有方便搬運的把手。

我們搬了三個箱子、圍成一圈，舒舒服服坐上去，沒坐滿兩個鐘頭是絕對不會起來的。

回想剛入伍的時候，我們這群菜鳥都覺得用公共廁所很丟臉。公廁沒有門，二十個男人坐成一排一起上廁所，好像搭火車那樣。大家蹲馬桶的樣子一覽無遺——新兵本來就得時時刻刻受人監視。

後來，戰場上的其他考驗讓這種羞恥感顯得微不足道。隨時間推移，許多事也就習慣成自然。

在大庭廣眾之下蹲馬桶其實是種享受，不曉得大家之前為什麼這麼抗拒，排泄不就跟吃飯喝水一樣自然嗎？要不是蹲廁所對我們來說這麼重要，而且還是全新的體驗，不然根本不值一提。其他老兵早就習以為常。

比起其他人，軍人更熟悉自己的腸胃和消化系統。他們的日常詞彙中，大概就有四分之三和這方面相關。不管是極度的喜悅還是深沉的憤怒，都能在其中找到最貼切精闢的表達。用其他方式來描述可就沒這麼簡單明瞭。哪天等我們從戰場返家，老師和家人八成會很意外吧，但這其實是軍中的通用語言。

排泄這件事被迫公開曝光之後，大家反而重新找回純真爽朗的特質。此外，坦蕩蕩蹲馬桶對我們來說如此自然，所以總能自在舒爽地解決，就像打牌時拿到一手好牌一樣暢快。大家之所以將各種八卦稱為「糞坑謠言」也不是沒道理。在軍營裡，這種地方就是八卦的集散地，也是大家聊天打屁的場所。

此時此刻，我們覺得這裡比鋪滿白瓷磚的豪華廁所更舒服，那邊頂多只是比較衛生，但根本不比這裡美好。

這幾個小時無憂無慮，真是天大的享受。頭頂是澄藍的天空，鮮豔的黃色偵察氣球以及防空炮彈產生的白色雲煙掛在遙遠的地平線上。炮彈追擊飛機時，白色雲霧往往會呈光束狀往高空飛升。

前線隱約傳來悶塞的轟隆聲，像一場非常遙遠的雷雨，音量還比不過熊蜂在身邊盤旋的嗡嗡聲。

四周草地花開繁盛，嬌嫩的圓錐花輕盈搖曳，白色蝴蝶在夏末和煦的暖風中翩翩飛舞。我們讀報、讀信、抽菸。摘下的軍帽擺在身邊，風吹動頭髮，也撥弄我們的語言和思緒。

明豔鮮紅的罌粟花包圍那三個木箱。

我們將人造奶油桶的蓋子放在膝蓋上，這樣就有張好牌桌了。克洛普隨身帶斯卡特牌，打完一回合努爾制，會再來一局變化版的拉姆希賽制。我們能這樣打到天荒地老。[1]

兵營傳來手風琴聲。有時我們會放下卡牌，看著彼此。然後會有人說：「孩子們啊，孩子們……。」或是：「那個時候真的差一點就掛了……。」然後會陷入片刻的沉默。無需語言，我們都能察覺彼此心中有一股強烈、壓抑的情緒。今天，我們很有可能沒辦法坐在木箱上。死亡這麼近。正因如此，紅色的罌粟花、美味的伙食、香菸以及夏日微風，一切都如此新奇動人。

克洛普問：「你們有看到凱姆利希嗎？」

「他在聖約瑟夫醫院。」我說。

穆勒說他大腿中彈，應該可以返鄉休養。

我們決定下午去看他。

克洛普拿出一封信。「坎托雷克叫我代替他跟你們問好。」

大家都笑了。穆勒把菸扔在地上說：「真希望他能自己來這裡看看。」

坎托雷克是我們的班導師，性格嚴厲、個子矮小，總是穿著灰色長袍，臉尖尖的跟老鼠一樣。他的身形跟人稱「克羅斯特堡（Klosterberg）怪人」的希姆史托斯下士相仿。說也奇怪，世上災難和不幸往往都是矮子造成的。他們比高個子更有活力，也更頑固、暴躁。我一直都很小心避開矮小連長率領的連隊，那種人通常都殘暴不講理。

坎托雷克經常在體育課發表長篇大論，講到全班最後都跟著他去區域指揮部登記入伍。我永遠忘不了他透過眼鏡鏡片瞪著我們，情緒激昂地問：「同學們，大家都會一起來吧？」

1 譯注：斯卡特牌（Skat）是一種流行於德國的紙牌遊戲，有不同玩法的規則，包括努爾制（Null）跟拉姆希賽制（Shieberamsch）。

這些教育人士常把感情裝在口袋裡，每個小時都拿出來發一點。不過，我們當年壓根沒想這麼多。

其實班上有個同學猶豫不決，不太想加入，他是約瑟夫・貝姆，是個好相處的胖子。但他最後還是答應了，否則也找不到台階下。或許還有其他人跟他一樣不想從軍，但當時就連父母親也把「懦夫」這兩個字掛在嘴邊，所以除了入伍也別無選擇。沒有人曉得會發生什麼事。貧困的尋常百姓反而最理智，他們很清楚戰爭就是一場災難。生活較富裕的民眾本該更早弄清楚戰爭的後果，卻在那邊鼓譟、搞不清楚狀況。

卡欽斯基說這都是教育惹的禍，受教育讓人變笨。他說話都是深思熟慮過的。奇怪的是，貝姆是第一批陣亡的。他在一次衝鋒交戰時雙眼中彈。我們判斷他已經身亡，就把他留在戰場上。當時得趕緊回去，就算想要也沒辦法帶他走。下午，外頭傳來他的叫喊聲，大家看見他四處爬。原來他之前只是昏過去。他什麼都看不見，又痛得發狂，完全沒有利用任何掩護。還來不及等人過去搶救，他就中彈身亡了。

這當然不能怪坎托雷克，如果這也要怪他，那世界上沒有人是清白的。像坎托雷克這樣的人多到數不清，他們都深信自己用最擅長的方式做最好的事。

但這就是他們最讓我們失望的地方。

他們的職責應該是帶領、引導我們這群十八歲的年輕人進入成人世界，帶著我們迎向工作、責任、文化以及進步。我們雖然偶爾會開他們玩笑、捉弄他們，卻是打從內心相信他們的。在學生心中，他們是權威的象徵，應該要有更清晰的洞察以及更完整的知識。很遺憾，死在我們眼前的第一人摧毀這番信念。我們被迫看清其實自己這一輩比他們那一代更誠實。他們只不過更會講空話、賣弄言詞罷了。第一輪炮火讓我們從自己的錯誤中醒過來，他們所教授的世界觀也隨之崩塌。

他們還在寫文章、講課的同時，我們與野戰醫院和死者為伍；他們將為國捐軀包裝成最偉大的事業，我們只知道自己對死亡的恐懼更加強烈。儘管如此，我們沒有變成叛國賊、逃兵或是懦夫——這些標籤他們信手捻來。我們和他們一樣熱愛祖國，每次進攻都勇往直前。但我們突然能夠明辨是非，學會如何看清事實。他們所代表的世界已經蕩然無存。我們突然好孤單，而這孤單不僅嚇人，還只能自己一人面對。

出發探望凱姆利希之前，我們幫他打包返鄉路上會用到的東西。

野戰醫院人來人往，也一如往常瀰漫著石碳酸、膿液和汗水的味道。如果本身就住在兵營，應該早就能習慣這些氣味了，但在這裡聞到依然讓人反胃。我們四處打聽凱姆利希的下落。他躺在一間共用的大病房裡，見到我們的時候神色虛弱，有一點開心，又有些無奈的激動。有人在他不省人事的時候，把他的手錶偷走了。

穆勒搖搖頭說：「早就跟你說過不要戴這麼好的錶。」

穆勒不太會察言觀色，也有點自以為是。他不該講這些的，因為大家都看得出來凱姆利希是走不出這房間了。能不能把手錶找回來已經不重要，就算真的找到，頂多也是寄回老家罷了。

「怎麼樣啊，法蘭茲？」克洛普問。

凱姆利希低下頭。「還可以，只是腳痛得要死。」

我們看了看他的毯子。有個鐵絲籠罩在他的一條腿上，上頭蓋著厚厚的毯子。我踢了一下穆勒的小腿，不然他差點把救護兵在外頭告訴我們的事講給凱姆利希聽：那隻腳已經沒了，腿已經截肢了。

他的樣子很可怕，臉色蠟黃、蒼白，而且已經出現奇怪的紋路。這種紋路我們見過不下百次，非常熟悉。確切來說，這不是皺紋，而是一種徵兆。肌膚底下已經沒有鮮活的脈搏，生命被推擠到身體邊緣；死亡在體內一點一滴擴散，甚至佔領他的雙眼。躺在那裡的，是好夥伴凱姆利希，不久前還跟我們一起烤馬肉、蹲彈坑。雖然人還躺在那裡，但那已經不是他。他的形象變得模糊，好像同一張底片曝光兩次那樣，連聲音聽起來都槁木死灰。

我想起當年出發上戰場的情景。他的母親，一位和藹善良的胖女人，把他送到車站。她哭個不停，臉又腫又紅。凱姆利希覺得很尷尬，因為她是現場情緒最失控的人，簡直就要哭成一灘脂肪跟水。她後來看著我，緊緊抓著我的手臂，要我在外面要多照顧法蘭茲。法蘭茲一臉稚氣，骨頭軟得要命，背了四個星期的背包就變成扁平足了。是說，在戰場上怎麼有辦法照顧別人啊！

「你現在就能回家了。」克洛普說：「如果要等休假，起碼還要撐三到四個月。」

凱姆利希點點頭。他的雙手如蠟一般，我實在不忍直視。他的指甲縫裡還殘留著戰壕的泥巴，好像中毒那樣呈藍紫色。我突然想到，凱姆利希停止呼吸之後，這些指甲還會繼續長，繼續生長很長一段時間，就像幽靈般長在暗處的植物。我彷彿能看見指甲像軟木塞開瓶器一樣呈現螺旋狀，不斷生長；頭髮也是，頭髮會從碎裂的頭骨上持續生長，如同肥沃土壤中的小草。沒錯，就像小草。這怎麼可能呢？

穆勒彎下腰。「法蘭茲，我們幫你把東西帶來了。」

凱姆利希用手一指：「放床底下就好。」

穆勒照做。凱姆利希又提起手錶的事。要怎麼樣安撫他才不會起疑呢？

穆勒不知從哪撈出一雙長筒綁帶軍靴。這雙別緻的英國靴子是用柔軟的黃色皮革製成，長度及膝。確實是個好東西。穆勒一看到這雙靴子就很興奮，拿起靴底跟他腳上那雙笨重的靴子比了一下，然後問：「法蘭茲，這雙靴子你要帶走嗎？」

我們三人都在想同一件事：即便他康復了，也只用得到一隻，這雙鞋對他來說已經沒什麼價值了。但按照目前情況看來，把這雙靴子留在這裡也是可惜，因為他一死，救護兵肯定會把靴子拿走。

穆勒又問：「你不想把靴子留在這裡吧？」

凱姆利希不想，這是他身邊最好的東西。

「我可以跟你換。」穆勒又建議說：「這在戰場上穿得到。」凱姆利希不為所動。

我踩了穆勒一腳，他才不情願地把那雙漂亮的靴子放回床底下。

我們又聊了一下才道別。「好好保重啊，法蘭茲。」

我答應明天再來，穆勒也這麼說。他還在想那雙靴子，不想放過任何能得到它的機會。

凱姆利希呻吟著。他發燒了。我們在外面攔住一名救護兵，想說服他幫凱姆利希打針。

他拒絕。「如果每個人都想要打嗎啡，那我們可得準備好幾桶。」

「你們只會照顧軍官吧！」克洛普憤慨地說。

我趕緊緩頰，遞給救護兵一支菸。他把菸接過去，我接著問：「講真的，你們真的可以幫病患打嗎啡嗎？」

他好像被冒犯似的。「你們如果不相信幹嘛還問？」

我塞了幾根菸到他手裡。「幫幫忙……。」

「好啦。」他說。克洛普跟在後面進去。他不信任這個傢伙，想親眼看他幫凱姆利希打針。我們在外頭等。

穆勒又提起那雙靴子。「那雙靴子很適合我，我現在這雙又硬又重，腳已經長好多水泡。你們覺得他有辦法撐到明天早上有人值班的時候嗎？萬一他晚上就走了，那雙靴子就……。」

亞伯特回來了。「你們覺得……？」他問。

「沒救了。」穆勒肯定地說。

一路走回營房。一想到明天要寫信給凱姆利希的母親我就渾身發冷。好想喝烈酒。穆勒拔了幾根草放進嘴裡嚼。突然，克洛普把菸扔到地上、發狠猛踩，一臉焦慮地環顧四周，結結巴巴說：「媽的，該死。」

我們繼續走，走了很久。克洛普漸漸冷靜下來，這種情況我們不陌生，是前線特有的情緒崩潰現象，每個人都有過。

穆勒問他：「坎托雷克到底在信裡寫了什麼？」

他笑著說：「我們是鐵血青年。」

我們不屑地笑了笑。克洛普在一旁咒罵。他很開心自己還能開口說話——。

沒錯，這些人都是這麼想的，成千上萬個跟坎托雷克一樣的人都這麼認為！鐵血青年！青年啊！我們確實都未滿二十，但年輕嗎？是青年嗎？那已經是很久以前的事。現在，我們都是老人了。

02

我故鄉的書桌抽屜裡，有一本已經開始動筆的《掃羅王》（*Saul*）劇本和一疊詩稿，想到這些東西，心中就有股奇妙的感覺。有好幾晚我都是在寫作中度過，其實我們這群人很像，大家以前都有創作過。但對我來說，寫作已變得遙不可及，連想都不敢想。

來到這裡之後，雖然我們什麼也沒做，但先前的人生就這樣斷在過去。我們有時會試著去理解這種斷裂是怎麼發生，想找出合理的解釋，但怎麼樣都找不到解答。對於克洛普、穆勒、勒爾、我，對於我們這群坎托雷克口中的二十歲鐵血青年而言，一切都模糊不清。老一輩的那些人與過去的連結相當緊密，他們有生活的動機、有妻小、有職業、有興趣，這一切都強大到不會被戰爭斬斷摧毀。我們這群二十歲的年輕人只有父母，或許有些人還有女朋友，但根本不算什麼。在這個年紀，父母的影響力最薄弱，異性也還不是最重要的。除了這些，大概就什麼都沒有了。也許有一點熱情，一些喜好，還有課業。這就是生活的全部，但現在也都蕩然無存。

坎托雷克大概會說，我們正好處於生命的門檻上。確實有點像。我們還沒扎根，戰爭的浪潮就這樣將我們沖走。對於其他人，對於那些年紀大一點的人來說，戰爭只是個插曲，他們可以忽略戰爭去規劃戰後的人生。但我們整個陷入戰爭之中，不曉得最後會如何結束。現在，我們只知道自己還來不及難過，就無緣無故、可悲地變成殘暴的野蠻人。

雖然穆勒一心想著凱姆利希的靴子，但這不代表他缺乏同理心，其他人只是因為痛苦而不敢去想罷了。他只是比較有辦法用理智判斷。如果凱姆利希還用得到這雙靴子，穆勒絕對甘願赤腳走過鐵絲網，也不會一直想著要把靴子弄到手。但就目前情況看來，凱姆利希是絕對用不到這雙靴子，穆勒卻非常需要。無論誰得到這雙靴子，凱姆利希都會死。既然如此，穆勒為什麼不能想辦法拿到手呢？他比任何一名救護兵都更有資格得到這雙靴子！等到凱姆利希死去就太遲了，所以穆勒現在才會特別留意那雙靴子。

我們已經不會去考慮太多前因後果，這樣太不切實際。對我們來說只有事實才是正確的，我們只在乎事實。事實就是，好的靴子非常珍貴。

以前的情況完全不同。剛到區指揮部時，我們班總共有二十人，是一群年輕的小夥子，大家在進軍營前興奮地一起去刮鬍子，有些人還是生平頭一次刮。我們對未來沒有明確的規畫，絕大多數都還不曉得未來該做什麼工作、要選擇什麼職業，所以對往後人生的概念相當模糊。大家腦中充滿各種不確定的念頭，而這些念頭將戰爭與生活理想化，甚至還賦予一種近乎浪漫的特質。

入伍後必須先接受十週的軍事訓練，而這段時期所帶來的影響，比在學校讀書十年還要深刻。我們學到，一顆擦得亮晶晶的鈕扣，比四卷叔本華的作品還重要。我們先是驚訝，接著痛苦，最後是漠然。我們意識到在軍隊中，刷子比精神還要重要；制度比思想還要關鍵；與自由相比，操練比較受重視。我們曾經是滿懷熱情、心懷善意的阿兵哥，但這一切都將心中的理想給扼殺。過了三個禮拜，我們徹底理解到一位軍階更高的郵差，是遠比父母、老師，以及柏拉圖和歌德等整體文化圈還更有權威。在我們稚嫩、警醒的眼裡，老師所謂傳統的祖國概念，在軍隊裡代表的就是要拋棄自我，或許連地位最卑微的僕人都不會這麼沒尊嚴。敬禮、立正、列隊行進、舉槍致敬、向右轉、向左轉、鞋跟相撞、謾罵，以及各種刁難：這些與我們原本對任務的想像差距太大，而所謂的英雄主義訓練，只不過是被當成馬戲團裡的馬那樣調教罷了。但我們很快就適應了，甚至還意識到有些事情是必要的，有些則是多餘的。士兵的直覺很準。

我們三、四人一組，被分配到不同的班裡去，班裡有菲士蘭（Frisia）來的漁夫、農民、勞工以及工匠，大家很快就打成一片。克洛普、穆勒、凱姆利希跟我被編進第九班，班長是下士希姆史托斯。

他是營裡公認最兇悍殘暴的班長，他自己也以此為傲。他個子矮小、身材魁梧，還留著一撮捲曲的紅色鬍子。他入伍服役已有二十年，以前的職業是郵差。他看克洛普、提亞登、威斯胡斯還有我特別不順眼，因為他發現我們總是默默和他唱反調。

有天早上我總共幫他鋪了十四次的床。他總是有辦法挑出一些小毛病，然後把床弄亂要我重來一遍。還有一次，我花了二十個小時（當然包含休息時間），幫他把那雙又老又硬的靴子上油，擦得跟奶油一樣柔軟，連希姆史托斯看了都沒話說。他還命令我用牙刷把整班的營房刷乾淨。克洛普和我有一次被他叫去用洗手的刷子和手持的小畚箕，把營區周邊的積雪鏟乾淨，要不是有個少尉正好經過叫我們趕快停止，還對希姆史托斯咆哮一頓，我們搞不好會剷到凍死。很可惜，這次事件讓希姆史托斯對我們更不爽了。連續四週，我每個星期天都要站崗，還要負責各種內勤。我也曾經全副武裝、背著步槍，在剛翻耕過、鬆軟潮濕的田地上練習「起立、前進、前進」以及「臥倒」，直到變成一灘爛泥、累垮倒地為止。四個小時之後，我把所有裝備洗得一乾二淨去找希姆史托斯，雙手已經磨到滲血。我和克洛普、威斯胡斯還有提亞登，曾經一起在嚴寒的天氣裡練習「立正」，整整站了十五分鐘。我們還沒戴手套，手指赤裸貼在冷冰冰的槍管上。而希姆史托斯在四周徘徊、偷偷觀察，只要一有晃動或不穩，就一口咬定我們違規。有一次，我在半夜兩點穿著內衣從營房頂樓跑到院子，一共跑了八趟，因為我把內褲放在大家用來堆東西的凳子上時，邊緣超出了幾公分。希姆史托斯下士在值班的時候，常在我身邊亂繞、一直踩我腳趾。練習用刺槍時，我每次都得和希姆史托斯一組，他永遠是拿輕便的木製刺槍，我拿的卻是笨重的鐵器，他隨隨便便就能打得我手臂上青一塊紫一塊。有一次我真的忍無可忍，想也沒想就往他猛衝，一下子撞在他肚子上，把他撞倒在地。他去找連長抱怨，卻被連長嘲弄一番，還告誡他要小心。連長很了解希姆史托斯，反而樂於看他出糗。就這樣，我變成爬櫃子的高手，下蹲時也身手矯健。以前，大家一聽到他的聲音就瑟瑟發抖，但這頭送信的瘋馬從來沒有真的將我們撂倒過。

星期天，我和克洛普用竹竿抬著屎尿桶經過營房院子時，希姆史托斯正好經過，他打扮得光鮮亮麗準備出門。他走到面前，問我們喜不喜歡抬屎尿桶。我們不顧一切假裝被絆倒，潑了他一褲子屎尿。他發瘋怒吼，但我們真的受夠了。

「我要關你們禁閉！」他怒吼。

克洛普不想忍了。「那要先調查才行，我們會全部都抖出來的。」他說。

「你怎麼敢這樣跟下士講話！」希姆史托斯大喊：「你瘋了嗎？你就等著受審吧！還想怎樣？」

「把下士的醜事都講出來啊！」克洛普邊說，邊把手指放到褲襠處。

希姆史托斯馬上理解他的意思，什麼都沒說就走了。離開之前，他還扯著喉嚨大喊：「等著瞧，我會找你算帳！」但他已經失勢，之後又叫我們到濕軟的泥地練習「臥倒」以及「起立、前進、前進」，想再給我們好看。我們確實有服從命令，畢竟命令不得不服，但我們用慢動作去做，搞得他無能為力。我們從容不迫地蹲下，用手臂撐著身體，之後的動作也都慢慢來。希姆史托斯又氣急敗壞地下指令，但我們一滴汗都還沒流，他就已經氣瘋了。

他後來也沒再來找麻煩。雖然繼續罵我們是沒用的雜碎，語氣中卻多了一分懼意。

其實有不少班長為人正派理智，這種人還佔大多數。不過，每個人都想端穩家鄉的這個好飯碗，不得不對新兵嚴厲一些。

新兵必須在營區裡接受各種操練，大家都常常氣到差點哭出來。有些人還因此病倒，沃夫甚至死於肺炎。不過，要是這個時候選擇放棄，我們或許會覺得自己很可笑。我們變得很強硬、愛猜疑、殘酷、野蠻，還有強烈的報復慾。其實這也不壞，都是我們原本沒有的特質。要是沒有這段時間的磨練，多數人可能一上戰場就會瘋掉。在區域指揮部經歷的這一切，都是為了接下來要面對的事情做準備。

我們沒有崩潰，反而順利適應。二十歲這個年紀，在某些方面或許是障礙，適應力卻特別強。更重要的是，我們心中長出一種堅定、務實的團結精神，而這種精神更在戰場上昇華為最珍貴的東西，那就是戰友情誼！

我坐在凱姆利希床邊，他的病情日益惡化。周遭一片騷動，有台傷患運輸車抵達野戰醫院，他們要將傷勢不嚴重、能夠移動的患者運走。醫生經過凱姆利希床邊，看都沒看他一眼。

「下次就是你了，法蘭茲。」我說。

他用手肘撐著枕頭坐起來：「他們把我截肢了。」

他知道了。我點點頭，說：「往好處想，你只少一條腿而已。」

他沉默。

我繼續說：「至少不是兩條腿啊，法蘭茲。韋格勒更慘，他整個右手臂都沒了。而且你也要回家了。」

他看著我。「你真的這樣覺得？」

「當然。」

「你真的覺得我會回家？」他又問了一遍。

「真的啊，法蘭茲。你才剛動完手術，需要先休養一下。」

他揮手要我靠近一些。我彎下腰，他在我耳邊低聲說：「我不相信。」

「不要亂講，法蘭茲。過幾天你就知道了。截肢真的沒什麼大不了的，更嚴重的傷都有辦法在這裡養好了。」

他舉起一隻手。「你看，看我的手指。」

「那是因為手術的關係。只要好好吃東西，很快就會復原。這邊的飯菜還可以嗎？」

他指著一個還剩半碗飯菜的碗。我激動起來：「法蘭茲，你要好好吃東西。營養最重要了，這邊的伙食看起來還不錯啊。」

他沒回話。過了一會兒，他緩緩地說：「我以前很想當林務官。」

「現在還是可以啊，」我安慰他：「現在的義肢都做得不錯，接在肌肉上，你根本不會覺得自己少了一條腿。有些人裝義肢，手指還有辦法動、可以工作，甚至還可以寫字。而且義肢只會越來越進步而已。」

他靜靜地躺了一下，接著說：「你可以幫我把那雙靴子拿給穆勒。」

我點點頭，一直在想能講些什麼話來鼓勵他。他雙唇慘白、嘴巴變大，露出的牙齒就像石灰。肌肉萎縮之後，他的額頭更突出，顴骨也更高聳。皮包骨的他越來越像骷髏，眼窩也已經下凹。再過幾小時，這一切就會結束。

這種情況我不是第一次見到，但我們畢竟從小一起長大，感覺還是不太一樣。我以前抄過他的作文。在學校裡，他通常會穿一套棕色的西裝、配上腰帶，袖口磨得爛爛的。在我們這群人裡面，他是唯一有辦法在單槓上做大迴旋的人。在單槓上翻圈的時候，頭髮會像絲綢那樣蓋在臉上。坎托雷克很以他為榮。不過他很討厭菸味。他皮膚很白，跟女孩子一樣。

我低頭看自己的靴子。這雙靴子又大又笨重，褲管還塞在裡面。站起來的時候看起來身形粗壯，但當我們去洗澡、把衣服脫掉，又瞬間變成窄肩細腿。這時看起來一點都不像軍人，幾乎像是小男孩。誰也不會相信我們有辦法扛起行軍背包。赤身裸體的感覺很奇妙，那個時候，我們又變回平民百姓，也幾乎要相信自己是平凡人了。

法蘭茲・凱姆利希洗澡時看起來像孩子一樣瘦小。現在他躺在那裡，為的又是什麼？應該把全世界的人都帶來這張床邊看看，對他們說：「這是法蘭茲・凱姆利希，十九歲半，他不想死。不要讓他死！」

我的思緒紊亂。這裡石碳酸和化膿的氣味堵住我的肺，像濃稠的黏液讓人窒息。天越來越黑，凱姆利希的臉越來越蒼白。他坐起身，臉色蒼白到幾乎像是在發光。他的嘴無聲地蠕動著，我靠近他，他低聲說：「你們有找到我的手錶的話，幫我寄回家。」

我沒有多說什麼，現在說什麼都是多餘，也說服不了他。無助令我痛苦。眼前那太陽穴凹陷的額頭、只剩牙齒的嘴巴、尖尖的鼻子！還有他老家那個又胖又愛哭的媽媽，我還得寫信給她。要是我早就把信寄出去那該有多好！

來醫院協助的救護兵拿著瓶子和水桶走來走去。其中一個走過來，朝凱姆利希這邊探了一眼然後又離開。看得出來他在盤算什麼，他可能需要這個床位。

我湊過去跟他說話，好像這樣就有辦法救他。「法蘭茲，搞不好你可以去克羅斯特堡的療養院，那附近有很多別墅。從窗外看出去是一整片的田野，最遠還可以延伸到地平線上那兩棵樹。現在是最漂亮的時候，穀物都已經成熟，傍晚的陽光一照，看起來就像一整片珍珠田。還有克羅斯特河旁邊的白楊樹步道，我們之前就是在那條河裡面抓棘背魚！你可以弄個水族箱，在裡面養魚。也可以出去散步，不需要問任何人。你想要彈鋼琴也沒問題。」

我彎下腰端詳他那張陰影下的臉。他還在呼吸，氣息微弱。他的臉是濕的，他在哭。我剛才說的那些蠢話好像造成反效果，反倒讓他更難過！

「法蘭茲，」我抓住他的肩膀，臉靠在他的臉上。「你現在想睡覺嗎？」

他沒回答，淚水順著臉頰流下。我想幫他擦淚，但手帕太髒。

一個小時過去了。我緊張地坐著，觀察他的每個表情，搞不好他還想說些什麼。真希望他還能張嘴大喊！但他只是側著頭哭。他沒有提到母親，也沒有說起兄弟姐妹。他什麼也沒說，這些他之前可能已經想過了。現在，他只剩下那短暫、渺小的十九歲生命。哭，是因為這個生命正在消逝。

這是我經歷過最艱難，最不知所措的告別。雖然提德恩的情況也很糟糕，他這個跟熊一樣的壯漢，哭喊著要找媽媽，瞪大的雙眼裡充滿恐懼，還揮著刺刀不讓醫生靠近病床，直到斷氣死去。

凱姆利希突然開始呻吟，還開始喘氣。

我趕緊跳起來，跌跌撞撞跑到外面問：「醫生？醫生在哪？」

我一看見身穿白袍的人，就一把抓住。「快來看看，法蘭茲．凱姆利希要死了。」

他把我的手撥開，問站在旁邊的助手說：「這是什麼情況？」

助手說：「二十六床，大腿截肢。」

他不耐煩地吼說：「這樣講我哪知道，我今天已經截了五條腿了。」他一把將我推開，對助手說：「你去看看情況。」然後往手術室奔去。

我跟在救護兵身後，一肚子火。那個人看了看我說：「他從今天早上五點開始手術就沒停過。太誇張了，我跟你說，光是今天就死了十六個，你這個是第十七個。今天肯定會超過二十個……。」

我突然一陣暈眩，再也撐不住。我不想責罵任何人，一點意義也沒有。我只想倒下去，再也不要站起來。

我們站在凱姆利希床邊。他死了。他的臉被淚水弄得濕濕的，眼睛半睜半閉，眼珠蠟黃，像老舊的牛角扣。

救護兵推了我一下。「你要把他的東西帶走嗎？」

我點頭。

他繼續說：「得馬上把他移開，我們需要這張床，外面已經有人躺在地上了。」

我收拾他的東西，取下凱姆利希的識別徽章。救護兵問我他的從軍證在哪，他找不到。我說應該在文書室，說完就離開。在我身後，他們已經將法蘭茲拖上裹屍帆布。

走出門外，黑夜和晚風讓人感覺得到救贖。我拼命呼吸，拂過臉上的微風好像從來沒有像現在這麼溫暖柔和。我腦中突然閃過女孩、鮮花盛開的草地，以及朵朵白雲的畫面。我的雙腿穿著靴子前進，越走越快，最後跑了起來。幾位士兵從我身旁經過，雖然沒聽清楚他們在說什麼，但他們的對話讓我異常激動。土地充滿力量，這股力量穿透腳底湧進體內。夜色如電流般劈啪作響，前線的轟隆聲低沉悶塞，好像一場鼓樂演奏會。我的四肢自在活動、關節強韌有力，還大口呼吸、喘氣。夜晚活著，我也活著。我感到飢餓，而且是一種比餓肚子更強烈、龐大的飢餓。

穆勒站在營區前等我。我把靴子交給他。我們走進室內，他試了試尺寸。靴子很合腳。

他翻了一下自己的存糧，給我一條美味的思華力腸[2]，配上一杯加了蘭姆酒的熱茶。

2　譯注：Zervelatwurst，德國與瑞士地區的一種香腸，製造過程未經加工，由剁碎的豬肉和豬腦製成。

03

遞補的士兵過來填補空缺，營房裡的草編床墊很快就被佔滿。新來的人當中有些是老人，也有二十五位從戰地新兵營來的年輕小伙子。他們大概小我們一歲。克洛普推我一下，說：「你有看到那些孩子嗎？」

我點點頭。我們挺起胸膛站在院子裡讓人幫忙刮鬍子，雙手插在口袋裡、看著那群新兵，覺得自己像是飽經風霜的老兵。

卡欽斯基也加入我們，大家穿過馬廄，來到剛領到防毒面具和咖啡的遞補士兵身邊。卡特問其中最年輕的：「你應該很久沒吃到像樣的伙食了吧？」

那人苦笑。「早上吃蕪菁甘藍麵包，中午吃蕪菁甘藍燉菜，晚上吃蕪菁甘藍燉肉和蕪菁甘藍沙拉。」

卡欽斯基吹了吹口哨，聲音響亮。「用蕪菁甘藍做麵包？已經很不錯了啊，他們還用鋸屑做過麵包呢。你喜歡白豆嗎？要不要來一勺？」

那年輕人臉紅了。「你不要鬧我。」

卡欽斯基只說：「帶餐具過來。」

我們好奇跟過去，他帶著大家走到他的草編床墊旁，那裡擺了一個桶子，裡頭還真的裝了半桶白豆和牛肉。卡欽斯基擺出將軍的姿態，站在桶子前說：「罩子放亮、動作要快！這是普魯士人常喊的口號。」

我們都很驚訝。我問：「天啊，卡特，你怎麼會有這些？」

「番茄頭很高興我願意接手。我拿三塊絲綢降落傘布跟他換。怎麼樣？白豆放冷也不錯吃吧。」

他以施捨的姿態給了年輕士兵一份，說：「下次如果帶餐具過來，另一隻手別忘了帶根雪茄或嚼菸。懂嗎？」

然後他轉頭對我們說：「你們當然也有份。」

卡欽斯基的第六感非常敏銳，對我們來說是非常重要的夥伴。這種人其實到處都有，但大家都沒辦法在一開始就察覺。每個連都有一兩位這樣的人，但卡欽斯基是我見過最精明的。我記得他的職業是鞋匠，但不重要，因為他什麼都懂。當他的朋友真的很棒，克洛普和我都算他朋友。海伊．威斯特胡斯也算半個朋友，但他的角色比較像執行官，如果有什麼事情是需要靠拳頭來解決，他會聽卡特的指示。在這方面他很有用。

比方說，有天晚上我們到一個完全不熟、非常荒蕪的小鎮，連建築物的外牆都破舊不堪。我們在一間昏暗的小工廠紮營，裡頭才剛整理過，還擺了很多張床。與其說是床，不如說是床架，就是幾塊木板上鋪著鐵網。

鐵網很硬，底下也沒有床墊，毯子要拿來當棉被蓋，帳篷帆布也實在太薄。

卡特看了這些東西一眼，對海伊・威斯特胡斯說：「跟我來一下。」他們就這樣出發探索這座全然陌生的小鎮。半小時後，他們捧著滿滿的稻草回來。卡特找到一座馬廄，裡頭有很多稻草。要不是大家真的餓慘了，不然應該能好好睡上一覺。

克洛普問了一位在這邊待過一段時間的炮兵：「附近有什麼食堂嗎？」

那人笑說：「這裡有什麼？根本什麼都沒有，連麵包屑都找不到。」

「這裡都沒有人住了嗎？」

他吐了一口口水。「還有幾個，但他們也是每天在野戰廚房旁邊晃來晃去，想討東西吃。」

聽起來不妙。我們只能把已經緊到不能再緊的褲帶勒得更緊，等明天補給品到了再說。

不過我看見卡特戴起帽子，就開口問：「卡特，你要去哪？」

「去看看能不能弄點吃的來。」他踩著悠閒的步伐走了出去。

炮兵諷刺地笑著：「去看看吧！可不要受傷啊。」

失望之餘，我們躺下來，思考是不是該把緊急備用的存糧拿出來啃。但這樣太冒險了，只好先試著小睡一下。

克洛普把一根菸折成兩半，把其中一半給我。提亞登聊到他家鄉的傳統料理，大菜豆燉火腿肉。有些人在做這道菜的時候不放香薄荷，他說這種煮法根本是在亂來。重點是所有食材必須混在一起燉，絕對不能將馬鈴薯、大菜豆還有火腿肉分開煮。有人開始咕噥要提亞登閉嘴，不然就要把他剁成香薄荷。整個廠房突然安靜下來，只剩幾根蠟燭在瓶頸處閃爍，偶爾還會傳來那位炮兵吐口水的聲音。

半睡半醒之間，門開了，卡特走進來。根本是在做夢吧，他腋下夾著兩條麵包，手裡提著一個沙袋，裡頭裝著血淋淋的馬肉。

炮兵的菸斗從嘴裡掉了下來。他伸手摸了摸麵包。「還真的是麵包，而且是剛出爐的。」

卡特沒多解釋。他成功弄到麵包了，其他都不重要。我敢說就算把他丟到沙漠，他也有辦法在一小時內準備好一頓有椰棗、烤肉跟美酒的晚餐。

他只對海伊說：「去砍柴。」

然後他從大衣底下拿出一個平底煎鍋，從口袋掏出一把鹽和一塊豬油。他都有想到，也都準備好了。海伊在地上生火，火焰在空蕩的廠房裡劈啪作響。大夥陸續從床上起身。

炮兵略顯遲疑。他不曉得該不該開口讚美卡特，或許這樣能分到一點食物。不過卡特根本當他是空氣，連看也不看他一眼。他罵了幾聲之後就離開了。

卡特知道馬肉要怎麼煎才不會太柴。肉不能直接下鍋，必須先用水煮一下才能煎。我們拿著刀子蹲成一圈，把肚子給填飽。

這就是卡特。假設在某個地方，一年當中只有一個小時的時間能弄到食物，他就會分秒不差在這個小時戴上帽子，靈光湧現似地走出門，彷彿有指南針指引般往目標奔去、找到食物。

他什麼都找得到。天冷的時候，小火爐、木柴、乾燥的稻草、桌椅等等都不是問題，重點是還找得到食物。這根本是個謎，你會以為他是憑空變出這些東西。他目前最讓人讚嘆的戰績是弄來四個龍蝦罐頭，只不過我們當時更想要豬油。

我們在營區有陽光的那一區休息。空氣中飄著焦油、夏天以及腳汗的氣味。

卡特坐在我旁邊，他很喜歡聊天。今天中午我們花了一個小時練習敬禮，原因是提亞登向一位少校敬禮時有些隨便。卡特對此難以釋懷，他說：「我告訴你，我們太會敬禮了，這場仗輸定了。」

克洛普大步大步走過來，他光著腳丫子、褲管捲起，把洗好的襪子擺在草地上晾乾。卡特仰望天空，放了個響屁，若有所思地說：「每吃一顆豆子就會放一個屁。」

他們倆開始爭論，還拿頭頂上正在上演的空戰打賭，猜對哪一方會獲勝的人能得到一瓶啤酒。

卡特立場堅定。作為沙場老將，他還信手捻來講了一串有押韻的順口溜：「同樣的薪水、相同的飯菜，早早將戰爭拋在九霄雲外。」

克洛普則是個思想家。他提議說應該將宣戰訂為民間慶典，像鬥牛一樣要收門票，還要搭配音樂。然後呢，兩個國家的元首和將軍應該要穿著泳褲、手持棍棒，在競技場上決鬥。最後誰能活著，那個國家就贏了。這種方式比現在的戰爭還要輕鬆簡單，也更好，現在反而是不該打仗的人在戰場上搏命。

這個建議還不錯。後來大家又聊到軍營演習。

我腦中浮現一個畫面。正午時分，練兵場上，熱辣辣的太陽在空中高照。軍營空蕩死寂，一切都在沉睡。唯有鼓手練習的鼓聲傳入耳裡，他們在某處列隊，鼓聲聽起來笨拙、單調、沉悶。酷熱的正中午、軍營操練場，還有鼓樂練習聲，好一個絕配組合！

軍營的窗戶空空蕩蕩、光線昏暗，幾扇窗戶外還晾著帆布褲。大家往那邊看去，眼神裡盡是渴望，裡頭應該很涼爽吧。

對啊，那些陰暗潮濕的營房寢室、鐵架床、格子床單、儲物櫃和矮凳！就連這些都成為渴望的目標。對於離家從軍的我們來說，散發食物腐敗氣味、睡眠、菸味以及衣服味道的房間，都讓人不禁開始想家！

卡欽斯基描述得活潑生動，還手舞足蹈起來。到底要怎麼樣才能回到營房啊！我們實在不敢多想……。

營房早上有訓導課：「九八步槍能拆解成哪些部件？」下午則是體能操練：「會彈鋼琴的人站出來。向右轉，到廚房削馬鈴薯。」

大家沉浸在回憶裡。克洛普突然笑著說：「在勒訥（Löhne）轉車。」

這是大夥最愛玩的遊戲。勒訥是一個轉乘站，為了不讓休假的士兵在勒訥迷路，希姆史托斯和我們一起在營房內練習轉車。我們要先知道如何穿越一條地下道，才有辦法搭到轉乘火車。床鋪代表地下道，大家都排在床的左邊，然後會有一聲指令說「在勒訥換車！」，所有人就會迅速爬進床底、從床的另一側爬出來。這一練就是好幾個小時！

在此期間，德國軍機被擊落，像顆彗星挾帶濃煙向下墜。克洛普輸了一瓶啤酒，他很不甘願地數著錢。

「希姆史托斯當郵差的時候應該很和氣才對，怎麼當了士官就變虐待狂？」亞伯特的心情稍微平復之後，我這麼說。

這個話題又引起克洛普的興致。「不光是他，這種人很多。只要肩膀上多了一條槓或配上軍刀，就馬上變另一個人，好像吃了一堆水泥似的。」

「應該是制服的關係。」我這麼猜。

「大概是這樣。」卡特坐起身準備長篇大論。「但真正的原因不是這個。你想想看，如果訓練一隻狗吃馬鈴薯，之後又丟了一塊肉在那裡，狗還是會去咬來吃，這就是天性。人只要得到一點權力就會緊抓著不放，這是一樣的道理。這是人的本能，人本來就是野獸，只是像麵包塗上三明治那樣，抹上一點表面看起來正直、體面的東西罷了。一個人掌握控制另一個人的權力，這就是軍隊的本質。最可怕的是每個人的權力都太大。士官可以折磨士兵、中尉可以整士官、上尉可以打壓少尉，直到把人搞瘋。因為大家都知道這項遊戲規則，所以馬上就習慣了。舉個最簡單的例子：我們剛在外面操練完，累得跟狗一樣，這時候有上級命令我們唱歌。唱歸唱，歌聲聽起來一定有氣無力，這種時候還有力氣舉步槍就已經要偷笑了。結果因為歌唱得太爛，又被罰回去操練一個小時，回來的時候又被叫唱歌。大家只能聽從命令。這整件事到底有什麼意義？長官之所以能愛幹嘛就幹嘛，單純是因為掌握權力。沒有人會訓斥他，反而還會被當成嚴格、有紀律的軍官。這其實只是個小事，整人的花招可多著，不是只有這樣而已。我就問，如果是在外面的文明社會，不管是從事哪一個行業，到底有誰能這樣為所欲為，還不會挨揍討打？這種事只會發生在軍隊！你們看，這種觀念已經深入他們的思維了！在文明社會裡面越卑微的人，進了軍隊就更容易濫用權力。」

「他們不是都說軍令如山嗎。」克洛普漫不經心地說。

「都是藉口。」卡特咕噥說。「他們永遠都有理由。遵守軍令確實沒錯，但再怎麼說也不能故意刁難。這邊大多數都是機械技工、農夫或是勞工，去跟他們解釋什麼叫軍令如山啊，或者是去跟菜鳥新兵講啊。他們只知道自己被刁難折磨，然後要上戰場賣命。他們都清楚知道到底什麼東西是必要的、什麼是不必要的。我告訴你，一個平凡的士兵要在前線承受這麼多，這真的很了不起！」

大家都贊同，因為我們都知道只有在戰壕裡才不需要操練演習。但是，只要退回前線幾公里，又得練習那些沒意義的敬禮與列隊前進。這就是鐵律：絕對不能讓士兵閒下來沒事幹。

這時提亞登出現了，他滿臉通紅，還激動到開始結巴：「希姆史托斯要來前線，他已經在路上了。」

提亞登恨透希姆史托斯了，因為希姆史托斯想出一個鬼點子來對付提亞登在寢室裡的問題。提亞登會尿床，半夜睡覺時會忍不住尿出來。希姆史托斯一口咬定這是因為提亞登太懶惰，就自以為是想出一個辦法來整治提亞登。

他從隔壁營找來另一個會尿床的士兵，他的名字叫金德法特，並且讓他們兩個睡在一起。營房裡的床架是那種常見的上下鋪，床底是用鐵網搭成。希姆史托斯讓他們倆睡在同一個床架的上下鋪。睡下鋪的人很倒霉，所以隔天上下鋪對調，讓下鋪的人有機會報仇。這就是希姆史托斯自作聰明的辦法。

這個想法其實還不錯，只是很惡劣。可惜的是希姆史托斯一開始就沒搞清楚狀況，所以這個辦法完全不管用。偷懶根本不是尿床的主因，看他們蒼白的臉色就曉得了。最後，他們其中一人每次都睡地板，這樣可是很容易著涼的。

海伊也在旁邊坐下。他一邊向我使眼色，一邊開始認真摩拳擦掌。我們曾一起度過軍旅生活中最美好的一天，那是個上前線之前的夜晚，我們被分到編號比較後面的團。上前線之前要先回駐地換裝，換裝的地方並不是新兵倉庫，是另一個兵營。由於隔天清晨就要出發，我們準備好當天晚上去找希姆史托斯算帳。好幾星期以前我們就發誓絕對要這麼做。克洛普甚至打算在戰爭結束之後到郵局上班，這樣希姆史托斯回去當郵差的時候，他就能變成他的上司。他滿腦子想的都是如何惡整希姆史托斯。就是因為有復仇的打算，我們才始終沒有屈服。我們始終相信，最遲在戰爭結束時絕對能整到他。

那天晚上，我們想要痛扁他一頓。只要沒被認出來，他又能拿我們怎麼樣呢？更何況明天一早就要上戰場了。

我們知道他每晚會去哪一家酒吧。從酒吧回兵營的路上會經過一條四周空曠、漆黑的道路。我們打算躲在石頭堆後埋伏。我隨身帶了一條被子。我們不曉得他是不是自己一個人，所以戰戰兢兢地等著。終於聽見他腳步聲了，這個聲音再熟悉不過，因為每天早上都能聽到他從外面走近、打開寢室的門大喊「起床！」。

「一個人嗎？」克洛普壓低聲音問。

「一個人！」我和提亞登躡手躡腳繞過石堆。

希姆史托斯的皮帶扣閃閃發亮，他看起來已經喝茫，還邊走邊唱歌。他毫不知情地經過。

我們抓好床單，輕輕跳過去，從後面套著他的頭迅速往下一蓋，把他整個人給罩住。歌聲停止。

接下來換海伊．威斯胡斯登場。他張開雙臂把我們往兩邊推開，好當第一個下手的人。他興致高昂擺好姿勢，兩隻手舉得跟電線桿同高，手掌則跟煤鏟一樣朝白色床單用力一揮，力道之猛恐怕能殺死一頭牛。

希姆史托斯滾了幾圈，跌落在五公尺以外的地方開始大吼大叫。這當然都在預料之內，所以我們隨身帶了枕頭。海伊蹲下，把枕頭放在膝蓋上，抓住希姆史托斯的頭把他壓在枕頭上。他的叫聲馬上變得更低沉。海伊會時不時讓他喘口氣，這個時候悶塞的哭吼聲會突然響亮起來，然後再次變小。

這時，提亞登解開希姆史托斯的吊帶，把他的褲子拉下來。他用牙齒咬著鞭子，然後站起來，開始動手。

這個景象真是美妙：希姆史托斯倒在地上，海伊俯身將他的頭壓在膝蓋上，露出惡魔般的猙獰笑容、開心地齜牙咧嘴；往下一看是那一雙穿著條紋內褲、呈現內八字的腿。鞭子每抽打一下，那雙腿就顫抖一次，提亞登則在上方像伐木工人一樣，不知疲倦地揮動鞭子。最後，我們不得不把提亞登拉開，才輪得到我們出手。

最後，海伊把希姆史托斯拉起來，打算自己出手、給他最後的教訓。他好像要摘星星那樣，伸出右手狠狠甩了他一巴掌。希姆史托斯跌在地上，海伊再把他扶起來，伸出左手又重重賞了一耳光，落點精準到位。希姆史托斯大聲哀號，連滾帶爬逃走了。他的條紋郵差屁股在月光下閃閃發光。

我們也連忙離開現場。

海伊環顧四周，用氣憤、滿意，又有些神秘的口吻說：「復仇就是爽。」希姆史托斯應該要很高興才對。他常說「人一定要教育另外一個人」，這句話真的在他身上實踐了。我們也算是他聽話的好學生。

他一直都沒有查出來自己該找誰道謝。至少他還得到一條床單，因為我們幾小時後去找，已經不見床單的蹤影。

就是因為有那天晚上的行動，我們隔天早上才能好整以暇地出發。有個滿臉鬍鬚的傢伙，還激動地誇我們是英雄青年呢。

04

我們必須到前線搭建防禦屏障。夜幕降臨，貨車駛來，我們爬上車。那是個溫暖的夜晚，暮色像一塊布包裹、保護著我們，讓人安心舒適。夜晚也讓大家更團結，吝嗇的提亞登還拿了一根菸給我，甚至幫我點菸。

我們緊挨在一起，因為不習慣，誰也沒辦法坐下。穆勒穿上新靴子，心情終於好轉。

馬達嗡嗡作響，卡車在行進間發出嘎吱嘎吱的聲音。整條路坑坑疤疤、路況不佳。由於無法開車燈，車子又一直顛簸搖擺，我們好幾次都要從車上摔下來。但大家並沒有因此不安，這根本沒什麼大不了的，手臂骨折總比肚子被子彈打穿還要好。有些人甚至期待能趁這個好機會回家。

軍火補給車排成好長一列開在旁邊，他們趕時間、不斷超車。我們向他們開玩笑，他們也大聲回應。

一堵牆在前方慢慢浮現，那是街道旁的一間房子。我豎起耳朵仔細聽。應該沒聽錯吧？我又清楚聽見鵝的叫聲。我看了卡欽斯基一眼，他也看向我，彼此心照不宣。

「卡特，不會是要幫我們加菜吧。」

他點點頭。「等到回程絕對會有，這裡我很熟。」

卡特當然很熟，方圓二十公里以內的每隻鵝腿他都知道。

卡車抵達炮兵陣地。炮台四周都用灌木遮擋，目的是不讓敵方軍機發現炮兵的位置，乍看之下很像是在軍營裡過住棚節[3]。要不是裡頭裝了大砲，棚子看起來還蠻寧靜有趣的。

空氣中瀰漫著炮彈的煙硝，霧濛濛一片，舌尖甚至能嚐到火藥煙的苦味。炮聲震耳欲聾，車子不斷搖晃，回音在身後如雷鳴般滾動，整片大地都在搖晃。我們的表情也在不知不覺中產生變化。雖然不用進戰壕，只是要搭建防禦屏障，但現在每個人的臉上都寫著：這裡是前線，已經進入前線了。

這還稱不上恐懼。像我們這樣經常上前線的人早已麻痺，只有年輕的新兵比較緊繃。卡特教他們說：「那是三十點五口徑的，剛才那是發射的聲音，接著馬上就有爆炸聲。」

不過爆炸的悶響並沒有傳過來，反而淹沒在前線的嘈雜聲中。卡特豎起耳朵聽：「今晚砲火猛烈！」

大家都仔細聽。前線很不平靜，克洛普說：「英國人已經開炮了。」炮聲清晰可聞，是來自部隊右側的英國炮兵連，他們提早一小時開炮。以前通常是十點準時發射。

「他們到底在搞什麼？」穆勒大喊：「一定是手錶走太快了。」

「我告訴你們，這次絕對戰火猛烈，我全身細胞都感覺到了。」卡特聳聳肩說。

三枚炮彈在附近發出劇烈的爆炸聲。火焰衝進濃霧，炮聲轟隆。大夥嚇得瑟瑟發抖，但也慶幸明早就能歸營。

我們的臉色並沒有比平常蒼白或紅潤，也沒有比更緊張或鬆懈，但卻與往常不同。血液中的某個開關好像被打開了。這不是修辭，而是事實。是前線，是對前線的意識觸發這個開關。在第一批炮彈呼嘯而來、空氣被炮彈聲撕扯炸裂的那個瞬間，我們的血管、雙手和雙眼突然出現一種蜷縮等待、暗中潛伏的姿態，以及更強

3 譯注：猶太教三大節期之一，在這七天當中必須住在以樹枝和棕樹枝搭成的棚子裡。

烈的警覺和敏銳的感官意識。身體立刻進入備戰狀態。

對我來說，那感覺像是震盪搖晃的空氣了無聲息朝我們撲來；又好像是一股電流直接從前線發射而來，刺激著某些末梢神經，讓神經開始跳動。

每次都是這樣：出發時還心情鬱悶或情緒高亢的士兵，卻在第一批炮彈發射之後，說出口的每個字詞都有了不同的聲調。

如果卡特是站在軍營前說：「炮火猛烈。」那只代表他的觀點，沒什麼多餘的意義。但當他在此時此刻說出「炮火猛烈」，同一句話會蒙上黑暗的意涵，像月光下鋒利的刺刀，能夠劃破思緒、刺穿內心逐漸甦醒的潛意識。或許這就是我們內心深處最隱密的生命，在顫抖的同時也蓄勢待發、準備反抗。

對我而言，前線是陰森可怕的漩渦。即便在平靜的水面、距離漩渦的中心還很遠，依然能感覺一股吸力將你捲進去，緩慢、無法避免、難以抵抗。

但是，有一股抵抗的力量從大地和空氣中湧來，其中最主要來自大地。大地對士兵來說意義重大。當士兵將自己長時間、用力壓在大地之上，當士兵在害怕炮火攻擊時將臉與四肢緊貼大地，大地就是唯一的朋友、手足，以及母親。在大地的沉默以及安全感之中，士兵釋放自己的恐懼以及哭嚎，大地接收這些能量，然後給士兵十秒鐘的時間繼續奔跑、繼續活著，之後再重新回到土地的懷抱。有時候，這一抱就是永遠。

大地！大地！大地啊！

大地，你的皺褶、凹洞以及深溝，能讓人縱身跳入、匍匐蹲下！大地，在恐怖的痙攣、毀滅的炮轟以及爆炸的死亡哀鳴之中，你賜與龐大的反動力量，讓我們能夠重新獲得生命！瘋狂的風暴幾乎要將生命撕碎，但是透過雙手，生命又從你那邊逆流而回，於是我們這些被拯救的倖存者，在逃過一死的無聲喜悅中，將自己埋入你懷中，用嘴唇緊咬著你！

聽到第一聲榴彈爆炸的轟鳴聲，生命中的某個部分猛然一震，瞬間回到數千年前。動物本能將我們喚醒，並提供指引和保護。這種本能沒有意識，卻比意識更迅速、安全、可靠。這是無法解釋的。本來只是在走路，走著走著。什麼也沒想，下一秒卻突然撲倒在坑洞中，榴彈碎片從頭上飛濺而過。但我們根本不記得有聽到榴彈的爆炸聲，也不記得曾有過趴下的念頭。如果只仰賴意識，肯定會變成一堆四散的肉塊。是另一種直覺，是那種預知危險的本能讓我們無意識迅速趴下、救了自己一命。假如沒有這種動物本能，從法蘭德斯（Flandern）到佛日（Vogesen）山脈早就沒有活人了。

出發時是鬱卒或興奮的士兵，一踏進前線範圍，就立刻變成人形野獸。

我們來到一片稀疏的森林，經過野戰廚房。穿越樹林之後，大夥下了車。車子開回營區，明天天亮之前會來接我們。

霧氣與煙硝籠罩草地，高度及胸。月光自頭頂灑落，部隊在路上行進，頭盔在月色底下閃著黯淡的光線。白霧中可見突出的人頭以及步槍；士兵正點著頭，步槍上下擺動。

再往前走，霧散了。原本在濃霧中的人頭變成完整的人形，大衣、褲子和靴子清晰可見，好像從一池牛奶中浮出來。士兵排成一列縱隊、筆直前行。接著，他們又排成楔形陣隊，已經無法辨識單一個人，只見一個漆黑的楔形向前推進，與後方漂浮在霧海中的人頭和步槍形成奇特對比。那是一列縱隊，不是一群人。

橫向道路上有輕型火炮以及彈藥車經過。馬背在月光下閃閃發亮，牠們搖頭晃腦、步伐優美，眼睛閃閃發亮。火炮和馬車在模糊的月色之下穿行，頭戴鋼盔的車伕如同古代騎士，美得令人動容。

即將抵達軍火庫房。一部份的士兵將彎曲的尖銳鐵器扛在肩上，其他人將光滑的鐵棍穿進鐵絲線圈之中，跟著前進。這些東西扛在肩上又重又不舒服。

路面越來越顛簸。前面傳來警告聲：「小心，左邊有很深的榴彈孔」、「小心，那邊有一條溝。」

我們緊盯著地面，用腳還有手杖試探路面，之後才敢放心往下踩。隊伍突然停下來，有人的臉撞到前方夥伴背著的鐵絲網，那人還破口大罵。

幾輛中彈的貨車擋住去路，有人下達新的命令，「把菸和菸斗熄掉」。我們已經很接近戰壕了。

天色已暗，繞過一片小樹林之後，前方就是戰壕。

地平線上有一束不顯眼的淡紅色光線，從一端延伸到另一端，光線不斷移動，時不時被炮口射出的火焰截斷。銀色和紅色的照明彈升上空中，爆炸後的白色、綠色和紅色星火如流星般墜落。法式火箭彈發射升空，絲綢降落傘在空中展開，緩緩飄落，將大地照得亮如白晝。光芒照在身上，倒映在地上的影子也輪廓清晰。照明彈在空中漂浮幾分鐘後便熄滅，新的立刻升空接替，佈滿整個天空，然後又是一片綠色、紅色和藍色的流星雨。

「一團糟。」卡特說。

暴風雨般的槍炮聲越來越強，發出一聲沉悶的轟鳴，再四散成疏密的爆炸聲。機槍發出單調的劈啪聲，上空也充斥著無形的獵殺聲、嚎叫聲、呼嘯聲以及嘶嘶聲，這些都是規模比較小的炮彈。穿插其中的，則是大型重炮的轟炸聲，聽起來如同管風琴的共鳴，炮彈碎屑劃破黑夜，落在後方遙遠的某處。重炮的聲音如同遙遠、沙啞的咆哮與嘶吼聲，有點像是雄鹿發情時的叫聲。這種聲音會在此起彼落的小型炮彈聲之中拔高而起，聽起來更鏗鏘厚實。

探照燈開始掃射黑色的夜空，像是一把巨大的直尺在空中滑動，末端變得越來越細。其中一道光線在空中靜止，微微閃動。第二道光線隨即出現，與第一道相互交叉。光線重疊處有隻黑色的昆蟲試圖掙脫，那是一架飛機。在強光照射之下，飛機迷失方向、不知所措、東倒西歪。

我們將鐵樁打進土裡，每根鐵樁都隔著固定的間距。會有兩個人負責拉著鐵絲網的兩端，其他人負責解開。這種鐵絲網上有密集的長刺，很讓人不舒服。我對於展開鐵絲網這種工作變得有些陌生，手都破皮裂開了。

幾個小時之後，任務完成，但接我們回軍營的卡車還沒到，多數人決定躺下睡覺。我也試著入睡，氣溫卻越來越低。這邊離海很近，常常會睡一睡就被凍醒。

有一回我睡得很沉，又突然驚醒，不曉得自己身在何方。我看見星星，看見火箭，瞬間覺得自己像是在參加花園派對時睡著了，就連是清晨還是傍晚都搞不清楚。我躺在黎明蒼白的搖籃裡，等待輕柔、可靠的話語，那必須到來的溫柔話語。等等，我在哭嗎？我伸手摸摸眼睛，真是不可思議，難道我是孩子嗎？皮膚好細緻柔軟——這個感覺只持續幾秒，然後我就認出卡欽斯基的身影。他這名抽著菸斗的老兵靜靜坐在那，菸斗當然是有加蓋的那種。他發現我醒了，只說：「你應該是嚇到了吧？只是一個引爆裝置，掉到那邊的灌木叢裡。」

我坐起身，感受到一種特別強烈的孤獨，還好卡特在這裡。他若有所思地看著前線，說：「要不是可能有生命危險，這些煙火其實滿美的。」

炮彈落在後方，幾個新兵嚇了一跳。過幾分鐘又有炮彈攻擊，距離比剛才更近，卡特將菸斗裡的菸灰敲掉：「炮火全開了。」

果真發動攻勢了。我們連滾帶爬匆忙離開現場，有幾枚砲彈正好落在我們之間。

幾個士兵大聲喊叫。綠色的火箭炮在地平線上升起，塵土飛揚，彈片呼嘯。即便爆炸聲已經消去，還是聽得到彈片相互摩擦震動的聲響。

身旁躺了一名驚慌失措的菜鳥新兵，他看起來還稚氣未脫。他把臉緊緊埋在雙手當中，連頭盔都掉了。我把頭盔撿起來想幫他戴回去。他抬起頭、把頭盔推開，像個小孩把頭埋在我的手臂底下，緊挨著我胸口，瘦弱的肩膀不斷抽動。他的肩膀跟凱姆利希的肩膀好像。

我就隨便他了。但為了讓頭盔至少發揮一點用處，我把頭盔拿起來套在他屁股上。這可不是亂套，而是有經過思考的。臀部是全身翹最高的地方，即便那個部位肉很多，被擊中還是會痛到受不了。中彈之後搞不好要在軍醫院趴好幾個月，就算出院走路絕對也會一拐一拐的。

某個地方遭到炮彈重擊，爆炸聲之間夾雜著尖叫與哭嚎。

終於平靜下來。炮火從頭頂飛過，落在後方的後備戰壕。我們冒險看了一眼，紅色的火箭彈在空中飛舞，接著應該會有進一步的攻勢。

這裡還算平靜。我坐起身、搖一搖新兵的肩膀。「小子，沒事了！我們還算幸運。」

他向四周張望，眼裡滿是驚慌。我告訴他：「你會慢慢習慣的。」

他注意到自己的頭盔，並重新戴上。漸漸回過神之後，他突然滿臉漲紅，看起來很難為情。他小心伸手摸了摸屁股，露出痛苦的表情。我馬上明白了，炮擊讓他嚇到失禁。我並不是因為這樣才把頭盔蓋在他屁股上的，但還是安慰他說：「這沒什麼。不是只有你，很多人第一次碰到炮擊時都嚇到忍不住。去灌木叢後面把內褲脫下來丟掉就好，沒事。」

他羞愧地跑開。四周變得更安靜，但哭嚎聲沒有停止。「亞伯特，怎麼了？」我問。

「那邊有幾個縱隊被擊中了。」

哀嚎聲不絕於耳。那不是人的聲音，人不可能叫得這麼可怕。

卡特說：「是受傷的馬。」

我沒聽過馬哀嚎，幾乎不敢相信，那根本是世上最悲哀的叫聲，是受折磨的生物發出的痛苦呻吟，狂野且殘酷。我們臉色蒼白。迪特林站起來：「劊子手，劊子手！讓牠們死得痛快啊！」

他是農民，對馬很有感情，這個情況讓他格外痛心。這時，彷彿是命運刻意作弄，戰火幾乎停息，馬的悲鳴更清晰入耳。在這片寧靜的銀色大地，我們無法分辨馬叫聲是從何而來。雖然肉眼不見，聲音卻像幽靈般無所不在，在天地之間無限膨脹蔓延。迪特林發狂怒吼：「射死牠們，快射死牠們，媽的！」

「他們得先救人啊。」卡特說。

我們動身尋找馬的位置。如果能看見那些動物，或許會比較能忍受。梅爾有望遠鏡。我們看見一群黑壓壓的醫護兵抬著擔架，還有一團更大的黑色物體在移動。是受傷的馬，但並不是全都受傷。有些馬向遠方奔去，跌倒了，再繼續跑。有匹馬的腹部裂開，腸子長長地垂在外頭。牠被自己的腸子纏住、摔倒在地，但又爬了起來。

迪特林舉起步槍瞄準那匹馬。卡特將槍口推向天空。「你瘋了嗎？」

迪特林將步槍扔到地上，渾身顫抖。

我們坐下來摀住耳朵。但這可怕的哀嚎、呻吟以及哭訴聲不絕於耳，傳遍每個角落。

我們什麼都能承受。但此時此刻，大家都出了一身汗。好想站起來逃走，逃到哪都行，只要不要聽到這種哭嚎聲就好。而這還不是人的聲音，只是馬。

又有幾床單架從那坨黑色物體當中穿出來，接著傳來幾聲零星的槍聲。那團黑色的物體顫動抽搐，慢慢歸於平靜。終於！但事情還沒結束。士兵追不上那些因為受傷而驚慌奔逃的馬匹，牠們滿臉痛苦、張大嘴巴。一個人影跪下來開了一槍，一匹馬倒地，接著又是一匹。最後一匹馬用前腿撐地，像旋轉木馬那樣繞圈。或許是脊椎已經被打斷，牠以兩條高高撐起的前腿為圓心打轉。士兵跑過去補了一槍，牠才慢慢、溫順地滑倒在地面。

我們將手從耳邊拿下。哀嚎聲終於停了。空氣中只剩下悠長、垂死的嘆息。然後，火箭炮的爆炸聲、榴彈的呼嘯聲，以及空中的星火又重新來過。簡直不可思議。

迪特林邊走邊罵：「這些馬到底做錯什麼了？」沒多久他又回來，聲音激動，聽起來近乎莊嚴鄭重地說：「我告訴你們，讓動物上戰場，是世界上最邪惡的事。」

該上車了，我們往回走。天又亮了一些。凌晨三點。微風清新涼爽，灰暗的天空讓大家臉色更黯淡。

我們排成一隊摸索前進，穿過戰壕和彈坑。卡欽斯基焦躁不安，這不是個好兆頭。

「怎麼了，卡特？」克洛普問。

「好想趕快回家。」他所謂的家是指軍營。

「很快就會回去了，卡特。」

他很緊張。「我不確定，我不確定……。」

我們穿過交通壕、走過草地，來到一片小樹林。我們對這裡再熟悉不過，眼前就是小山丘和插著黑色十字架的獵人墓地。

就在這時，一聲呼嘯從後方響起，膨脹、炸裂，宛如雷鳴。我們彎下腰，前方一百公尺處，一團火光噴射而出。

再過一分鐘，第二次轟炸，樹林的一小部分在撞擊之下震到樹梢的高度，有三、四棵樹跟著拔飛起，斷成碎片。接踵而至的榴彈發出茶壺在水滾時的嘶嘶聲——火光沖天。

「快找掩護！」有人大喊：「找掩護！」

草地平坦，樹林太遠太危險。除了墓地和墳丘，四周沒有任何掩護。我們在黑暗中蹣跚前進，每個人像一口黏性極強的痰緊貼在墳丘後方。

忽然之間，黑暗發狂般洶湧咆哮。比夜還要漆黑的黑暗挾帶著巨大的煙霧衝向我們、壓過我們。爆炸的火光照亮整個墓地。

無路可逃。在炮彈的閃光中，我大膽看了草地一眼。草地簡直像是波濤洶湧的大海，炮彈的火焰像噴泉般湧出。任何人都無法安然穿越這片草地。

樹林消失了，被炸爛、粉碎、撕裂。我們必須留在墳地。

大地在面前爆炸，土塊和碎石如雨般落下。我感到一陣猛烈的衝擊。一片炮彈的碎片將我的袖子撕開。我握緊拳頭，沒感覺到疼痛。但我依然不放心，因為受傷的痛感往往不會在第一時間出現。我趕緊摸摸手臂，好像有一點擦傷，但依然完好無損。這時，我的頭骨砰一聲遭到撞擊，意識瞬間模糊。但我馬上告訴自己：不可以昏倒！突然間，我頭暈、眼前一片黑，然後又清醒站穩腳步。一塊碎片打中我的頭盔，幸好彈片噴射的距離太遠，沒有穿透頭盔。我抹去眼睛裡的塵土，隱約看出眼前被炮彈炸出一個大坑。榴彈通常不會掉在同一個坑裡，所以我想躲在裡頭。我用力往前跳，向魚一樣平趴在地上。地面上又傳來炮彈的呼嘯聲，我趕緊縮起來、想要找掩護。左側好像有什麼東西，我馬上貼過去，那個東西稍微移動了一下。我發出呻吟，大地撕裂開來，氣壓在我耳邊炸響。我爬到左側那個東西底下，讓它蓋在上方做掩護。那是木板、布條。是掩護物沒錯，破爛可憐的掩護物，能拿來阻擋落下的彈片。

我睜開眼睛，手裡緊抓的是一隻衣袖，不對，是一隻手臂。是傷兵嗎？我向他大喊，但沒有任何反應，原來已經死了。我的手繼續抓，摸到一塊木材碎片，才發現原來我們正躺在墓地裡。

火勢比什麼都還要猛烈，連意識和思考能力都一併毀滅。我只能繼續往棺材底下鑽，雖然死神就躺在裡頭，但棺材應該能保護我。

前方就是裂開的彈坑。我緊盯著坑口，彷彿用拳頭緊抓那樣，我必須一鼓作氣跳進去。然後我的臉突然挨了一拳，有隻手緊抓著我的肩膀，那個死人醒過來了嗎？那隻手猛烈搖晃著我，轉過頭，在一瞬間的火光之中我看見卡欽斯基的臉。他張嘴大喊，我卻什麼也聽不見。他搖晃著我，往我靠近。在炮火漸歇的那一剎那，我聽見他說：「毒氣，毒——氣！毒——氣！傳下去！」

我伸手抓著防毒面具。離我不遠處躺了一個人，我滿腦子只想著要讓他知道這件事：「毒——氣！毒——氣！」

我大喊，往他湊過去，還用防毒面具丟他。他完全沒有察覺。我又不斷叫喊，但他只是低著頭，是個新兵啊。我絕望地看著卡特，他已經戴妥防毒面罩，我也把我的面罩掏出來，頭盔滑到一邊，面罩就這樣套在臉上。我走到那位新兵身邊，他的防毒面罩距離我最近，我抓住防毒面罩往他頭上一套，他兩手抓著面罩。鬆手之後我猛力一跳，就這樣跳進彈坑裡。

毒氣彈的沉悶聲響與炸彈的爆裂聲相互交織。爆炸聲中夾雜著鐘聲，四面八方都傳來鑼聲以及金屬撞擊的警示聲——毒氣、毒氣、毒氣。

有人從我身後跳下落地，一聲、兩聲。我將氣息凝結在面罩上的水氣擦掉。是卡特、克洛普和另一個人。我們四人心情沉重，緊張地躺在坑洞裡，盡可能放輕呼吸的力道。

戴上面罩的頭幾分鐘是生與死的分水嶺：面罩真的密閉嗎？我還記得野戰醫院裡的可怕場景：吸入毒氣的患者連續數日呼吸困難，將燒傷的肺一塊塊吐出來。

我將嘴貼在濾網罩上，小心呼吸。現在毒氣慢慢在地面擴散開來，滲進所有下凹的坑洞。毒氣彷彿一隻柔軟、巨大的水母，游進坑道中，在裡頭伸懶腰、蠕動。我推推卡特，對他示意：爬出去待在上面應該比躺在這邊好，因為毒氣最容易聚集在低處。但還沒來得及行動，第二輪炮火攻擊就已經開始。這已經不像是炮彈在呼嘯，而是大地本身在轟隆怒吼。

一聲巨響，有個黑色的東西往這裡飛過來，重重砸在身邊。是一口被炸飛的棺材。

我看見卡特挪動身子，就爬了過去。棺材剛好打中坑裡第四個人伸出去的那條手臂，他試著用另一隻手掀開防毒面具。克洛普及時阻止，用力將他的手反折、壓在背後。

卡特和我過去將受傷的手臂拉出來。棺材蓋很鬆，也已經裂開。我們輕鬆將棺材蓋掀開，把躺在裡頭的死人丟出去。屍體滑到坑道底下之後，我們試著將棺材底板鬆開。

好在受傷的人昏過去了，而且還有亞伯特幫忙。我們不需要那麼小心，可以一鼓作氣用力拿鏟子將棺材撬開。終於，棺材發出鬆動的聲響。

棺材變輕了。卡特從棺材上取下一塊裂開的木板，枕在斷裂的手臂底下，大家拿出所有能包紮固定的繃帶纏在上面。目前能做的也只有這樣。

我的頭在防毒面具裡嗡嗡作響，快要爆炸了，肺部也不堪負荷，只能一遍又一遍呼吸著悶熱混濁的空氣。太陽穴青筋暴露，整個人就要窒息。

朦朧的灰色光線透進來，風掠過墳場。我將頭探出坑道，外頭昏暗迷濛，一條斷腿橫在眼前，腳上的靴子還完好無損。此刻，這一切清楚呈現在我面前。幾公里遠的地方有個人站起身，我將面罩上的水擦乾淨，但又因為太激動而立刻起霧。我盯著那個人的方向看，他已經脫下防毒面具。

我等了幾秒鐘，那人沒有倒下，還四處張望，然後走了幾步。風已經將毒氣吹散，空氣變得乾淨清新。我將防毒面具扯下、大口喘氣，一屁股跌坐在地上，空氣像冰水一樣流進體內。眼睛好像要炸掉了，氣流將我淹沒，視線突然一片黑。

轟炸停止。我轉身朝彈坑裡的其他人揮手。他們陸續爬上來、摘下面具。我們將傷兵抬出來，一個人扶著那隻纏著繃帶的手臂，大家跌跌撞撞匆忙離開。

墓地變成一片廢墟，棺材和屍體散落滿地。這些死人又死了一次，但每具被炸成碎片的屍體都救了我們一命。墓地的圍欄被炸得東倒西歪，軍用運輸鐵路的軌道也被掀起來，彎曲扭轉懸在空中。有人躺在我們面前，我們停下來察看狀況，克洛普帶著傷員繼續前進。

倒在地上的是一名新兵，他的臀部已經血肉模糊，整個人也氣息虛弱。我伸手去拿裝了蘭姆酒和茶的水壺。卡特把我的手按住，彎腰問他：「兄弟，你哪裡受傷？」

他動了動眼睛，虛弱到無法回答。

我們小心將他的褲子剪開，他發出呻吟。「放鬆，放鬆，沒事的……。」萬一是腹部中彈，就不能喝任何東西。他沒有嘔吐的跡象，那就好。我們讓他的臀部露出來，整個部位變成一團肉泥和碎骨，髖關節也壞了。這個年輕人以後沒辦法走路了。

我將手指沾濕，輕輕擦拭他的太陽穴，將水壺拿過去讓他喝了一口。他的眼珠有了動靜，這時我們才看到他的右臂也在流血。

卡特拆開兩捲繃帶，盡可能將繃帶拉開、包住傷口。我想找點東西將傷口簡單包起來，但什麼也找不到。我撕開這位傷兵的褲腳，想用內褲的布料當作繃帶，但他沒穿內褲。仔細看，原來是剛才那位嚇到失禁的新兵。

這時，卡特從一個死人的口袋裡找到一捲繃帶。我們小心翼翼將傷口包紮起來。年輕人一臉驚恐，我對他說：「我們去找擔架。」

他張開嘴，氣若游絲地說：「不要走……」

卡特說：「我們馬上回來，只是去找擔架而已。」

我們看不出來他有沒有聽懂。他像個孩子般嗚咽，一直說：「不要走……。」

卡特看看四周，低聲說：「要不要乾脆給他一槍，讓他早點解脫？」

這個年輕人很難在運輸過程活下來，頂多只能再撐個幾天。他到目前為止所受的折磨，跟死前的這段時間比恐怕都不算什麼。現在他還沒恢復知覺、意識散亂，什麼都感覺不到。再過一小時，他就會因為難以忍受的疼痛而瘋狂嘶吼。對他而言，剩下的日子都是瘋狂的凌虐。讓他再多活幾天，對誰又有好處？

我點點頭。「也是，卡特。拿把手槍來吧。」

「給我。」他說完之後站著不動。他心意已決，我看得出來。我向四周張望，發現在場已經有其他人。前方出現一小群人，彈坑與戰壕當中也不斷有頭冒出來。

只能去找擔架。

卡特搖搖頭。「這麼年輕，」他重複道：「這麼年輕，這麼無辜的小伙子……。」

損失沒有預期中慘重：五死八傷。這只是一場短暫的砲火攻擊。其中兩名死者躺在被炸開的墓穴裡，只要把他們埋起來就好。

我們往回走，前後接續排成一列縱隊，沉默地拖著步伐行進。傷員會被送到野戰醫院。清晨天氣灰暗，救護兵拿著號碼和紙條走來走去，傷患嗚咽啜泣。天空開始下雨。

一小時後我們來到卡車的所在位置，爬上車。回程的空間比來時寬敞。

雨越下越大，我們攤開帳篷帆布遮在頭上。雨水敲打帆布，順著兩側滾滾而下。卡車駛過凹凸不平的路面，濺起水花。我們在半睡半醒之間隨著車身顛簸搖晃。

坐在車頭的兩個人手拿長長的木叉，小心觀察街道上是不是有拉得太低的電話線。這些電話線有時低到會把我們的頭扯斷。這兩個人會用木叉頂住電話線往上舉，舉過大家頭頂，還會喊著：「小心，有電話線。」然後大夥會在打盹的同時，先低頭屈膝，再站直起身。

卡車單調地搖晃，警告的呼喊聲單調地響起，雨水也單調地落下。雨水下在我們頭上，滴在前線死者的頭上，也流在那位受傷的新兵身上。就他的臀部來說，這個傷口實在太大。雨水落在凱姆利希的墳上，也在我們心中流淌。

某處又傳來爆炸聲。大家猛然一抖、睜大雙眼，手已經做好準備，隨時都可以從車上翻下來跳進路邊的溝中。

什麼也沒發生。只有單調的警告聲持續著：「小心電話線。」我們屈膝蹲下身，繼續睡睡醒醒。

05

身上如果有幾百隻蝨子，要一隻一隻殺根本沒完沒了。這種昆蟲硬邦邦的，指甲一直去掐到最後只會覺得很煩。所以，提亞登用鐵絲把鞋油盒的蓋子固定在一根燃燒的蠟燭上。只要把蝨子丟進這個小鍋裡，牠們就會啪一聲爆開。

大家圍坐一圈，襯衫搭在膝上，上半身裸露在溫暖的空氣中，兩隻手忙個不停。海伊身上的蝨子品種很特別，頭上有個紅色十字架，所以他主張這應該是從圖爾豪特（Thourhout）的軍醫院帶回來的，而且還是從少校軍醫那邊跟過來的。他說要用融在鞋油盒上的蝨子油擦靴子，這個笑話足足讓他笑了半個小時。

不過他的笑話今天沒有得到特別熱烈的迴響，因為我們都在想另一件事。

謠言成真。希姆史托斯來了。他昨天出現了，我們已經聽到他那熟悉的聲音。他在營區用翻泥土那個老招整幾位新兵，整得有點太兇，而且他不曉得其中有一位是區域首長的兒子，所以倒了大霉。

這裡肯定會讓他大開眼界。提亞登花了好幾個小時討論到底要怎麼對付他。海伊若有所思看著自己的大手，朝我使了個眼色。上次痛毆希姆史托斯可說是他人生的巔峰，他說自己有時候還會夢到那天晚上。

克洛普和穆勒在聊天。克洛普是唯一一個弄到一整盤扁豆的人，應該是從工兵伙房那邊弄來的。穆勒貪婪地瞇眼看著，不過還是克制地問：「亞伯特，如果突然間和平了，你要做什麼？」

亞伯特簡答說：「不可能有這種事！」

「我是說如果！」穆勒繼續追問：「那個時候你想做什麼？」

「離開這裡啊！」克洛普咕噥說。

「那當然，然後呢？」

「然後買醉。」亞伯特說。

「不要亂講，我是認真的。」

「我也很認真啊。」亞伯特說：「不然還能做什麼？」

卡特對這個問題很感興趣。他要求克洛普進貢一些扁豆給他，接過去之後想了很久才說：「是可以喝個夠，不然就是搭下一班火車，回家找媽媽。天啊，和平啊，亞伯特……」

他從油布皮夾裡翻出一張照片，得意地展示給大家看。「我老婆！」然後把照片收起來，咒罵道：「該死的蝨子跟戰爭！」

「講得很有道理。」我說：「你還有兒子跟老婆啊。」

「對，」他點點頭說：「我要想辦法不讓他們餓肚子。」

大夥笑了起來。「他們不用擔心會餓肚子吧，萬一真的沒東西吃，你去外面徵收一些回來就行啦。」

穆勒對他們的回答不夠滿意，還意猶未盡。他把海伊從痛毆希姆史托斯的美夢中叫醒。「海伊，如果和平了，你要幹嘛？」

「他應該會很狠踹你一腳，誰叫你要開這個話題。」我說：「是哪根筋不對想到要問這個？」

「你是說屋頂怎麼會有牛大便這種白目問題嗎？」穆勒乾脆地回答，然後轉頭看海伊．威斯胡斯。

這個問題對海伊來說太沉重了。他搖了搖長滿雀斑的頭：「你是說戰爭結束的時候嗎？」

「對啊，你沒聽錯。」

「那時候就又找得到女人了，對吧？」海伊舔舔嘴唇說。

「那也是。」

「爽啦！」海伊說，臉上漸漸露出笑容。「那我要找個身材緊實的浪女，那種個性剽悍的辣妹，身材前凸後翹，看了就想一把抱住直接上床！你想想看，羽毛被加上彈簧床墊，天啊，我連續八天都不要穿褲子了。」

一片安靜。這個畫面太美妙，我們不禁起了滿身雞皮疙瘩。穆勒打起精神問：「然後呢？」

停頓。海伊有點不好意思地說：「如果我當上士官，就繼續留在軍隊裡面奉獻人生。」

「你真的瘋了耶，海伊。」我說。

他悠悠地回答：「你有當過泥炭工嗎？你去當當看。」他邊說邊把湯匙從靴筒裡抽出來，伸進亞伯特的盤子裡。

「不可能比在香檳區挖戰壕還要慘吧？」我回答。

海伊一邊嚼豆子一邊冷笑：「但時間更長，而且還逃不了。」

「可是兄弟啊，回家還是比較好吧。」

「有好有壞啦。」他張著嘴，陷入沉思。

從他的表情就看得出來他心裡在想什麼：沼澤地上的破舊茅草屋、從早到晚都要在炎熱的荒地裡辛苦勞動、微薄的工資以及髒兮兮的工作服……。

「不打仗的話，在軍隊裡也沒什麼好煩惱的。」他說：「每天都有東西吃，沒有的話就鬧一下。還有床可以睡，每個禮拜都有乾淨的衣服可以穿，跟像樣的紳士一樣。只要做好士官的工作，就有很多不錯的福利。而且晚上還是自由之身，可以去酒吧放鬆。」

海伊越說越得意，開始沉醉在這個念頭當中。「只要服滿十二年兵役，就能拿到退役證明，可以當個鄉警，整天都能在外頭閒晃。」

一想到未來，他興奮地冒了一點汗。「想想看，這樣能享受什麼樣的待遇。一下子會有人請你喝白蘭地，等一下又會有人請你喝半公升啤酒，大家都想跟鄉警搞好關係。」

「海伊，你不可能變士官的。」卡特插嘴說。

海伊錯愕地看著他，沉默不語。他現在滿腦子想的大概是秋高氣爽的傍晚、荒野上的週日、村莊的鐘聲、和村裡姑娘共度的下午與夜晚、用大塊豬油煎的蕎麥薄餅、小酒館裡無憂無慮的暢飲時光……。

他沒辦法一下子消化這麼多幻想，只好有點惱羞地嘟噥說：「誰叫你們要問這種蠢問題！」

他拿起襯衫從頭頂往下套，將軍外套的鈕扣扣起。

「提亞登，那你要做什麼？」克洛普喊著。

提亞登只想著一件事。「絕不能讓希姆史托斯溜掉。」

他最想做的，大概就是把他關進籠子，每天早上拿棍子毒打一頓。他神采飛揚地對克洛普說：「如果我是你，絕對會想盡辦法當到中尉，好好找他算帳，整到他叫媽媽。」

「迪特林，你呢？」穆勒接著追問。他最愛打破沙鍋問到底，天生就是個老師性格。

迪特林平時話不多，但倒是針對這個問題給了答案。他抬頭望向天空，只說了一句：「希望還能趕上採收期。」

說完這句話，他就起身離開了。

他正在擔心妻子要一個人管理整座農場，而且農場裡還有兩匹馬被徵用送上戰場。他每天都在看報紙，只想知道家鄉奧登堡（Oldenburg）那邊有沒有下雨，否則連牧草都沒辦法收割。

此時，希姆史托斯出現了。他直直走來。提亞登臉色一變，拉直身子躺在草地上，激動閉上雙眼。

希姆史托斯有些手足無措。他先是放慢腳步，最後還是大步走過來。沒有人要起來敬禮的意思。克洛普意味深長地看著他。

他站在我們面前等著。由於沒有人說話，他只好開口說了聲：「還好嗎？」

幾秒鐘過去了，希姆史托斯顯然還是不曉得該怎麼辦。他此刻最想做的八成是罰我們跑步，但心裡也知道前線不比軍營。他又試了一次，這次不是對著大家，而是瞄準一個人，他覺得這樣會比較容易得到回應。克洛普離他最近，這份榮耀自然就落在他身上。「哦，你也在這裡啊？」

亞伯特跟他關係也沒比較好，只是簡短回答：「來得應該比你久一點吧。」

紅色的鬍鬚顫抖起來。「你們認不得我了啊？」

提亞登這時睜開眼睛。「認得啊。」

希姆史托斯轉向他：「這不是提亞登嗎？」

提亞登抬起頭。

「那你知道自己是什麼東西嗎？」

希姆史托斯大吃一驚。「我們是什麼時候用『你』來稱呼對方了？我們又沒有一起躺在公路邊的溝渠裡面過。」

他沒料到會有人公然展現敵意，完全不曉得該怎麼應付。他一時之間還是保持警惕，肯定是有人跟他講過什麼小心會從背後挨子彈的無稽之談。

聽到希姆史托斯提到公路邊的溝渠，提亞登覺得又氣又可笑。「沒有啊，只有你自己一個人躺而已。」

希姆史托斯也發火了，但提亞登搶先一步。他要一吐為快。「你想知道自己是什麼東西嗎？你就是垃圾，垃圾混蛋！這話我早就想講了！」

說出垃圾混蛋這個詞，他眼神閃閃發亮，壓抑幾個月的怒氣終於得以宣洩。

希姆史托斯也爆炸了：「你這個雜種、噁爛的瘋狗，是想要怎樣？你給我站起來，長官跟你講話，給我立正站好！」

提亞登做做樣子，揮了揮手說：「您可以稍息了，希姆史托斯，解散吧！」

希姆史托斯是非常講究軍規的火爆長官，說不定連皇帝都沒他這麼難搞。「提亞登，我以上級的身份命令您馬上起立！」

「還有什麼事嗎？」提亞登問。

「您到底要不要服從命令？」

提亞登泰然自若地回答，還不知不覺講了一句經典的髒話，同時轉身翹屁股揶揄他。

希姆史托斯暴跳如雷：「軍事法庭上見！」

他往辦公室走去，身影漸漸消失。

海伊跟提亞登像煤炭工一樣豪爽大笑。海伊笑得太猛，下巴都脫臼了，無助地張嘴站在那裡。亞伯特只好給他一拳，讓他的下顎重新歸位。

卡特很擔心。「如果他跟長官報告你就完了。」

「你覺得他會嗎？」提亞登問。

「絕對會。」我說。

「少說會被罰五天關禁閉。」卡特說。

提亞登沒被嚇到。「關五天禁閉就是休息五天啊！」

「如果他們要把你送去要塞呢？」愛打破沙鍋問到底的穆勒開口。

「那戰爭對我來說就結束囉。」

提亞登很樂天，對他來說沒什麼事情好煩憂的。他和海伊與勒爾一起離開，以免在這次風波的熱頭上給逮個正著。

穆勒還沒結束，又抓著克洛普問。「亞伯特，如果現在能回家，你想做什麼？」

克洛普已經吃飽，也就順著回答：「到時候我們班上有多少人？」

我們算了一下：二十個人裡面死了七個，四個受傷，一個進了精神病院，所以頂多十二個人。

「其中三個當上中尉。」穆勒說：「你覺得他們還會信坎托雷克那一套嗎？」

「我不覺得，我們自己也不會再被他洗腦了。」

「你對《威廉．泰爾》（*Wilhelm Tell*）裡面的三段情節有什麼看法？」克洛普回想往事，突然大笑起來。

「哥廷根（Göttingen）林苑派詩人的理念是什麼？」穆勒突然嚴肅地討論起來。

「大膽查理有幾個小孩？」我不慌不忙地回答。

「鮑莫，你這輩子注定一事無成。」穆勒語氣尖酸地說。

「札馬（Zama）戰役是什麼時候發生的？」克洛普想知道。

「克洛普，你態度不夠嚴肅。坐下，及格邊緣。」我做了一個拒絕的手勢。

「來古格士（Lykurgus）認為國家最重要的任務有哪些？」穆勒低聲問，還作勢推了一下夾鼻眼鏡。

「『我們德國人敬畏上帝，不害怕世界上的任何人，還是說我們德國人……』怎麼樣才對？」我提出來讓大家思考。

「墨爾本（Melbourne）有多少居民？」穆勒嘰嘰喳喳地回問。

「如果連這個都不曉得，你們這輩子還想成什麼大事？」我激動地問亞伯特。

「物理學中的內聚力是指什麼？」他用這題回擊。

這些學校裡的東西我們都忘得差不多了，就算知道也沒什麼用。學校不會教我們如何在暴風雨中點菸、沒教怎麼用濕的木柴生火，也沒告訴我們用刺刀攻擊時最好瞄準腹部，因為插在肋骨上刀子會卡住。

穆勒若有所思地說：「這些這有什麼用？之後還不是要回學校嗎？」

我個人覺得這不太可能。「搞不好還要考個檢定考試。」

「那就得準備了。不過就算通過考試又怎樣？上大學也沒多好啊。如果沒錢，還是只能埋頭苦讀。」

「是有稍微好一點，但課堂上教的東西一樣是冠冕堂皇的屁話。」

克洛普一語中的。「來前線之後，怎麼可能有辦法把那些東西當一回事？」

「但還是得找份工作吧。」穆勒反駁道，彷彿坎托雷克上身。

亞伯特用小刀清指甲，他對於儀容整潔的講究實在讓人吃驚。但他只不過是在想事情罷了。他將刀子拿開，解釋道：「這就是重點。卡特、迪特林還有海伊會回去做原本的工作，因為他們之前本來就有工作了。希姆史托斯也是。但我們沒有工作，等這一切結束之後（他伸手指了指前線），我們得去找個工作來適應適應。」

「領到退休金之後，就可以自己一個人住在森林裡……。」才一說完，我就覺得自己太狂妄，有點不好意思。

「回去之後，不曉得會是什麼狀況？」穆勒也焦慮了起來。

克洛普聳聳肩。「不曉得，回去了才知道。」

大家其實都很茫然。「我們還能做什麼？」我問。

「我什麼都不想做。」克洛普不耐煩地回答：「人總有一天會死，死了不就什麼都沒有了嗎？我根本不覺得我們會活著回去。」

「每次一想到這個，亞伯特。」我過了一會兒才接話，然後翻過身面朝天空繼續說：「每次聽到和平這兩個字，我腦中想到要做的，真的都是一些意想不到的事。這個念頭會一直在我腦中浮現。你懂嗎？就是一些值得我們在這裡受苦的一些事。只是我想不出來到底有什麼事這麼值得去做。現在能想到的，比方說工作、唸書或是薪水等等，都只讓人想吐。這些東西原本就在那裡了、一直都在，實在很討人厭。什麼都想不到，什麼都找不到，亞伯特。」

突然之間，前途渺茫，一切陰暗無望。

克洛普也開始思考。「未來感覺會很辛苦，家裡人不也常常擔心這個嗎？一下槍炮、一下手榴彈，兩年下來，我們不可能像脫襪子一樣把這些經歷輕鬆脫掉。」

大家心有戚戚焉，覺得彼此處境都大同小異。而且不只我們，所有處於相同境況人都是如此，只不過多少有些程度差異罷了。這是我們這一代人共同的命運。

亞伯特脫口而出：「戰爭把我們的一切都毀了。」

他說得對。我們不再是年輕人了，也已經不想征服這個世界。我們是逃兵，逃離自己，也逃離自己的生活。那時我們十八歲，才剛開始熱愛這個世界以及生命，卻被迫朝這一切開槍。向我們襲來的第一顆手榴彈，炸毀的是我們的心。我們與行動、奮發追求以及進步斷絕聯繫。我們不再相信這些，只能相信戰爭。

辦公室氣氛熱絡了起來，希姆史托斯應該是向上級通報了。走在縱隊前頭的是一位肥胖的士官長。好奇怪，幾乎所有士官長都胖胖的。

一心想報仇的希姆史托斯跟在後頭，他的靴子在陽光下閃閃發亮。

我們站起來。士官長嚷嚷著說：「提亞登在哪裡？」

當然沒有人曉得。希姆史托斯怒氣沖沖地瞪著我們。「你們絕對知道，只是不想講而已。快說。」

士官長四處張望，卻找不到提亞登。他換另一個辦法：「叫提亞登十分鐘後來辦公室報到。」

他一說完就離開了，希姆史托斯緊跟在後。

「我有預感下次挖壕溝時會有鐵絲網掉在希姆史托斯腿上。」克洛普這麼猜。

「整他的機會還很多咧。」穆勒笑著說。

我們目前的遠大計畫就是擊潰這位郵差。

我走回營房通知提亞登，讓他早一點開溜。

然後，大夥兒換了個地方，躺下來繼續打牌。我們能做的也就這些了：玩牌、罵罵髒話，上戰場打仗。對二十歲的我們來說，這不算多，同時也已經太多了。

半小時後，希姆史托斯又出現。沒人理他。他問提亞登人在哪。我們聳聳肩。

「你們應該去把他找出來。」他氣憤地說。

「為什麼是『你們？』」克洛普問。

「就你們這幾個啊。」

「請您使用敬語，不要用你這麼親暱的稱呼。」克洛普用一副上校的口吻。

希姆史托斯好像從雲端墜落似的。「是誰沒用敬語了？」

「您！」

「我？」

「沒錯。」

他陷入苦思，困惑地瞇眼看克洛普，完全搞不懂克洛普在說什麼。針對自己剛才到底有沒有用敬語這件事，希姆史托斯不是太有自信，不敢果斷反駁。「所以你們沒找到他嗎？」

克洛普躺在草地上說：「你以前有來過前線嗎？」

「這與您無關。」希姆史托斯斷然回道：「我需要一個答案。」

「遵命。」克洛普說完之後起身。「您看那裡，有小雲朵的地方，那是大炮的煙。我們昨天就在那裡。五死八傷。那還只是開胃菜。下次您跟我們一起上前線，全體士兵會在掛掉之前跑到您面前，挺直腰桿，精神抖擻地說：『請准許我們解散！請讓我們去死！像您這樣的人我們已經等候多時！』」

克洛普又坐了下來，希姆史托斯像彗星一樣立刻消失。

「禁閉三天。」卡特猜測說。

「下次輪到我了。」我對亞伯特說。

但當天也沒機會了。晚點名的時候我們被叫去審問，貝廷克少尉坐在辦公室，把每個人輪流叫進去問話。

我以證人的身份進去解釋提亞登違抗上級的原因。尿床事件非同小可。希姆史托斯後來也被叫進去，我又重複一遍自己的證詞。

「是真的嗎？」貝廷克問希姆史托斯。

起先他還支吾其詞，最後不得不承認，因為克洛普也給出一樣的證詞。

「為什麼那個時候沒人舉報？」貝廷克問。

沒人回話。他心裡應該很清楚，在軍中舉報這種芝麻蒜皮的小事一點意義也沒有。況且，真的會有人在軍中申訴任何事嗎？他大概心裡有數，所以先罵了希姆史托斯一頓，警告他說前線跟軍營操場不一樣。接著輪到提亞登。先是一頓更嚴厲的臭罵與說教，再來是三天的普通禁閉。貝廷克對克洛普眨了眨眼睛，罰他一天禁閉。「沒辦法，只能這樣。」他遺憾地對克洛普說。他是個明智的傢伙。

普通禁閉還算舒服。禁閉室以前是一座雞舍。他們兩個在那邊都可以會客，我們也知道怎麼過去。嚴格禁閉則是在地下室，以前我們還會被綁在樹上，但現在已經禁止了。有些時候，阿兵哥已經比較被當人看了。

提亞登與克洛普被關進鐵絲網後一小時，我們就出發去探望他們。提亞登還模仿雞叫聲來迎接我們。然後大家就打斯卡特牌一路打到深夜。贏牌的當然是提亞登那個可憐的笨蛋。

回程路上，卡特問我：「你覺得烤鵝怎麼樣？」

「不錯哦。」我說。

我們爬上一輛彈藥運輸車，車資是兩條香菸。卡特已經把確切地點記下來，那座鵝棚是屬於某個團的司令部。我決定去抓鵝，並請卡特給我一些指示。鵝棚在牆後方，只用門閂扣住。

卡特朝我伸出雙手，我舉起一隻腳踩上去，然後翻過牆，留卡特在下面把風。

我在原地站了幾分鐘，讓眼睛適應黑暗，然後慢慢認出鵝棚。我放輕腳步、小心翼翼走過去，摸到門閂、把門打開。

我看見兩團白色的東西，是兩隻鵝，有點不妙：如果抓住其中一隻，另一隻就會呱呱叫。如果反應夠快，應該能一次抓住兩隻。

我用力一跳，馬上抓住其中一隻，一下子又抓到第二隻。我抓住鵝頭瘋狂往牆上敲，想把牠們打暈。想必是力道不夠大，兩隻鵝竟然開始咳了起來，還瘋狂踢腳拍翅。我激烈壓制，但天啊，鵝的力量還真大！牠們用力拖著我，搞到我也跟著搖搖晃晃。黑暗中，這兩團白色的東西真是兇暴，我的雙手好像長出翅膀，手裡彷彿抓了幾個氣球，甚至開始害怕自己會飛向天空。

然後開始出現聒噪的叫聲。其中一隻鵝吸了一口氣，像鬧鐘那樣大吵大叫。還來不及反應，就有東西從外頭衝進來一股腦撞在我身上。倒在地上的我聽見憤怒的吠聲。是狗。我往旁邊一看，狗已經撲過來要咬我脖子。我馬上躺好，把下巴縮進衣領當中。

那是一隻大丹犬。過了一段時間，牠才把頭收回去、在我身邊坐下。要是我稍微移動，牠又會開始猛吠。我想了想，發現自己唯一能做的是抓起我的小左輪手槍。必須在有人來之前離開這裡。我把手一寸寸伸過去拿槍。

體感好像過了幾個小時，每次只要稍微移動，就會觸發危險的狗叫聲。靜止不動，重新再試一次。真的碰到左輪手槍，我的手指竟然開始發抖。我把槍壓在地上，想清楚該怎麼做：拔槍、在牠撲過來之前開槍，然後趕快閃人。

我深呼吸，讓自己冷靜下來，然後屏住氣息，將左輪手槍抽起。砰一聲，大丹犬大叫一聲往旁邊跳，我趕緊衝向鵝棚的門，不料卻被一隻溜掉的鵝絆倒。我一把抓起那頭鵝，往高牆的另一邊扔，自己也跳到牆上。連牆都還沒翻過去，那條大丹狗又猛然往我撲來。我趕緊跳下牆，卡特站在前方十步，手臂底下夾著那頭鵝。他一看到我，我們就拔腿狂奔。

終於能喘口氣。鵝已經死了，卡特沒花多久就把牠解決掉了。我們想馬上將鵝拿來烤，這樣就不會被人發現。我從營房裡拿了鍋子和木柴，我們爬進一間廢棄的小庫房，這裡正適合烤鵝。庫房唯一的窗戶遮蔽緊密，裡頭還有個類似爐灶的裝置，大概是幾塊磚上擺了一片鐵板。開始生火。

卡特拔下鵝毛、準備上爐炙烤。我們小心將鵝毛放在一邊，打算用這些毛做兩個小枕頭，在上面題字：「在炮彈轟炸中安眠！」

前線的砲火籠罩我們的避難所。光線在臉上閃爍，陰影在牆上舞動。偶爾會傳來一聲低沉的撞擊聲，然後棚屋會震動不止。是空投炸彈。有一次我們還聽見輕微的尖叫聲，應該是炸彈擊中兵營。

戰鬥機嗡嗡作響，機關槍的噠噠聲貫穿耳膜。但這邊不透光，完全不會被發現。

我們面對面而坐，卡特和我，兩個穿著破爛軍裝的士兵，在半夜時分烤著鵝。我們話不多，但對彼此的體貼與關心，或許比我想像中的戀人還要溫柔深厚。我們是兩個人，兩個微小的生命火花，外頭則是黑夜以及死神的地盤。我們坐在交界的邊緣，既危險又安全。鵝油滴在手上，彼此的心靠很近。此刻的時光就跟這個空間一樣：火光柔和閃爍、光影擺動，我們內心的感受也同樣搖擺激盪。他有多了解我？我又知道他什麼？從前的我們或許不會有類似的想法，但此時此刻，我們坐在烤鵝前，感受彼此的存在，如此靠近，以至於無須多言。

雖然鵝又肥又嫩，但烤一隻鵝需要很長的時間。所以我們輪流顧鵝，一個人負責淋油，另一個人能稍微睡一下。美味的香氣漸漸飄散開來。

外頭的聲響漸漸變成模糊的白噪音，我開始做夢，但記憶依然清晰。半夢半醒之間，我看見卡特將湯匙舉起又放下。我愛他，愛他的肩膀、愛他有稜有角又微微駝背的身影，同時，我也看見他身後的森林和星星，聽見療癒的聲音說著讓我平靜的話語。像我這樣一位士兵，穿著大大的靴子、繫著腰帶、背著背包，在高聳的天空底下，渺小地走在通往前方的路上，不管發生什麼事情很快就會忘記，也很少感到傷心，只顧在遼闊的夜空下不斷前進。

小小士兵，還有清亮的嗓音。如果有人想輕撫他，他未必能夠理解。這樣一位踩著軍靴、心已經被填滿的小兵，只顧著向前行軍，而除了行軍，他什麼都不記得。地平線上的鮮花與景緻如此寧靜，難道這位士兵看了不想落淚嗎？難道說，他從未失去那些畫面與經歷，是因為根本未曾擁有過？畫面令人迷醉、難以掌握，轉眼卻又成為過往？他二十年的青春歲月不就在那裡嗎？

我的臉濕了嗎？我又在哪裡？卡特站在我前方，他略微駝背的魁梧身影像故鄉一樣覆蓋著我。他輕聲細語，臉上帶著微笑，走回火堆旁邊。

接著他說：「烤好了。」

「好哦，卡特。」

我抖抖身子。黃褐色的烤鴨在棚屋中央閃閃發光。我們拿出摺疊刀叉，各自切下一條腿，拿部隊發的麵包沾著肉汁慢慢享用，吃得津津有味。

「好吃嗎，卡特？」

「好吃！你覺得呢？」

「很好吃，卡特。」

我們是好兄弟，總是把最好的部位留給對方。吃完之後我抽了根菸，卡特則是抽雪茄。鵝肉還剩很多。

「卡特，要不要分一點給克洛普還有提亞登？」

「好啊。」他說。我們切下一部份，用報紙小心包好。我們本來打算將剩下的帶回軍營，但卡特大笑說：「提亞登。」

我明白他的意思了，剩下的要全部帶過去。於是我們到雞舍找他們，走之前還將鵝毛打包帶好。

克洛普跟提亞登本來還以為我們是海市蜃樓，後來啃鵝肉啃得牙齒咯咯作響。提亞登用兩隻手將鵝翅拿在嘴裡啃，像吹口琴那樣。他將鍋裡的鵝油吸到一滴不剩，嘴裡邊發出咀嚼食物的聲音邊說：「我永遠不會忘記你們！」

我們走回營房，又是星星高掛的夜空。黎明破曉，我這個穿著大靴子、吃得飽飽的小兵，在微亮的晨光中走著，身旁則是背微駝、有稜有角的卡特，我的好夥伴。

軍營的輪廓在暮色中緩緩浮現，如同一場黑色的美夢。

06

謠傳敵方馬上就要進攻了。我們比平常早兩天上前線，途中經過一所被炸得坑坑疤疤的學校。校園外圍較長那側堆了兩排嶄新、還沒拋光的淺色棺材，看起來猶如一堵高牆。這批棺材飄散著樹脂、松樹和森林的氣味，至少有一百具。

「我們為這波攻勢做的準備可真足啊。」穆勒語帶驚訝。

「都是給我們用的啊。」迪特林咕噥說。

「不要亂講！」卡特斥責他。

「還能分到一具棺材就該感激了吧。」特亞登苦笑說。「你等著看，到時候他們只會用那種野營帆布，把你這個人肉標靶隨便包一包啦。」

其他人也開始起鬨，講一些聽起來讓人不太舒服的玩笑。不然還能怎麼樣呢？棺材確實是為我們準備的，在戰場上，這種事情總是特別有效率。

前方一片騷動。第一天夜裡，我們試著辨認方位。由於四周安靜無聲，敵軍前線後方來來往往的運輸車聲格外清晰，聲響一路持續到清晨。卡特說，那些運輸車不是往回開，而是將部隊運到前線。部隊、槍炮跟彈藥。

英國加強炮兵部署，這點我們馬上察覺到。穀倉右側至少多了四個帶二十點五口徑大砲的炮兵連，白楊樹墩後方還架了德式迫擊砲。另外還有一些威力十足的法國製小炮，上頭裝了爆炸引信。

我們士氣低落。在防空壕裡待了兩個小時之後，我軍的炮彈竟然落到自己的戰壕裡來。四週以來這已經是第三次。如果只是瞄準失誤，那也不會有人多說什麼，但真正的原因在於炮管太過老舊。發射大炮時風險相當高，炮彈經常散落在我方陣營。今晚就有兩位弟兄因此受傷。

前線像個籠子，我們如同困獸，只能緊張等待即將發生的事。在榴彈射程範圍內的我們，活在未知的緊繃感中。偶然是命運的主宰。假如有顆子彈往我飛來，除了彎腰閃躲，其餘什麼都沒辦法做。子彈究竟會往哪裡飛，沒有人能預知，也無從改變。

偶然使人麻木。幾個月前，我坐在一座戰壕裡玩斯卡特牌，過了一會兒，我起身去另一個戰壕找朋友。回來的時候，第一座戰壕已經在重炮轟炸之下化為烏有。

我只好回到第二座戰壕，沒想到一回去剛好就得幫忙挖開被掩埋的坑道。在我離開的短暫期間，第二座防空洞也塌了。

不管是活下來還是被炮彈擊中，一切都是偶然。我有可能在戰壕裡被炮彈炸得粉身碎骨，也有可能在空曠的戰場上，毫髮無傷躲過十小時的炮火連擊。每位士兵都是在成千上萬的偶然串連之下得以苟活。每位士兵都相信也仰賴偶然。

我們必須把麵包顧好。戰壕近來有些髒亂，老鼠大量繁殖。迪特林表示這絕對是惡兆。

這裡的老鼠體形肥大，看起來特別噁心。大家都說這是專吃屍體的老鼠，牠們相貌猙獰兇惡，全身無毛。光是看到那根光溜溜的長尾巴就讓人反胃。

牠們似乎非常飢餓，幾乎每個人的麵包都被老鼠啃過。克洛普用帆布將麵包緊緊包住、枕在頭底下，但他根本睡不著，因為老鼠會從臉上爬過，想辦法去吃底下的麵包。迪特林自作聰明，在天花板上綁了一條細鐵絲，把麵包掛在鐵絲上。不過，他在夜裡打開手電筒一照，竟看到鐵絲來回擺盪。一頭肥碩的老鼠正騎在麵包上。

我們決定一勞永逸。大夥小心將麵包上老鼠啃過的部分切下來。總不能把麵包整個丟了，否則明天得餓肚子。

我們把切下來的麵包集中起來，放在地板中央，每個人都拿出鐵鏟，躺在地上準備攻擊。迪特林、克洛普和卡特拿著手電筒在一旁待命。

沒幾分鐘，我們就隱約聽見摩擦與拉扯聲。聲音越來越清楚，後來還出現密集的小腳拍踏聲。手電筒的光猛然一照，大家拿起鐵鏟往那團烏漆墨黑的東西砸，老鼠吱吱喳喳向四面八方逃竄。成效不錯。我們將老鼠屍體鏟到壕溝外，重新埋伏等候。

接下來的幾次也成果豐碩。後來，那些動物好像察覺情況有異，也有可能是聞到血腥味，總之就沒再出現。不過，地上的麵包碎屑還是在隔天被牠們叼走。

在附近的另一座戰壕，老鼠還襲擊兩隻大貓跟一條狗，把貓狗咬死後啃得乾乾淨淨。

隔天部隊發了埃德蒙起司（Edamer Käse），每人能分到將近四分之一塊。這本該是好事，因為埃德蒙起司味道很好；但另一方面，這種圓球狀的起司外頭有層紅色的蠟封，看起來也是大難臨頭的預兆。後來竟然連烈酒也出現了，這讓我們內心不祥的預感更強烈。大家姑且將酒喝下肚，但心裡總是有些疙瘩。

白天，我們比賽射老鼠，還四處閒逛。子彈和手榴彈的儲備越來越足，我們也親自檢查刺刀。有些刺刀的鈍面有鋸齒狀構造，要是持這種刺刀的人被敵人逮到，肯定會慘死刀下。在附近的戰壕中，就有人的鼻子被鋸下、眼睛被挖出。對方還在他們的口鼻中塞滿鋸屑，讓他們窒息斷氣。

有些新兵依然配有類似的刺刀。我們把這些刀子拆下，換成別的。

不過，刺刀在戰場上早就失去意義，目前更普遍的做法是用手榴彈和鐵鏟進攻。作為武器，打磨銳利的鐵鏟更輕便，用途也更廣。鐵鏟不僅能用來戳刺敵人的咽喉，還能用來打人，而且力道更猛。如果角度抓得好，從肩膀和脖子之間斜斜往下砍，就能輕鬆將胸口劈開。換成用刺刀攻擊，刀子反而常常卡在對方體內，這時必須用力踹對方的肚子才能把刀抽出來，自己反而很容易被刺傷。再者，刺刀有時用一用就斷了。

敵軍要趁夜施放毒氣。我們戴好防毒面具，躺著等待敵軍進攻，準備在第一個人影出現時立刻摘下面具。

天色漸亮，什麼也沒發生。對面的車輪持續滾動，火車、火車、貨車、貨車，轟隆聲令人神經衰弱。他們到底在聚集什麼？我方炮兵持續發動攻勢，但運輸聲完全沒有停止，完全沒有停止。

我們一臉疲憊，迴避彼此的眼神。卡特黯然地說：「八成又要跟索姆河戰役[4]一樣，平靜之後是七天七夜的炮火猛攻。」來到這邊之後，他就沒開過玩笑了，這可不妙，因為他是沙場老將，直覺相當敏銳。只有提亞登對食物和蘭姆酒興致勃勃。他甚至覺得我們會平安回去，認為什麼事都不會發生。

現在看來似乎如此。時間一天一天過。夜裡，我坐在觀察哨的洞裡，火箭彈和照明傘在上空此起彼落。我謹慎小心、忐忑不安，心臟怦怦直跳。我不時低頭看著有夜光功能的錶盤，指針似乎不肯前進。睡意襲來、眼皮沉重，我只好動動靴子裡的腳趾來保持清醒。在有人來跟我換班之前，什麼事也沒發生，唯有車輪持續滾動。大家的情緒逐漸平靜下來，繼續玩斯卡特牌跟冒歇爾卡牌（Mauscheln）。搞不好我們運氣真的不錯。

白天，滿天都是觀測氣球。有人說敵軍這次會動用坦克車，還會在進攻時出動步兵用飛機。不過，相較於之前謠傳的新式火焰噴射器，這次的消息我們比較不感興趣。

我們在半夜醒來。大地咆哮，猛烈的炮火籠罩，大家都蜷縮在角落。我們能分辨各種口徑的飛彈。

每個人伸手去抓自己的東西，時時刻刻都在反覆確認，確認東西還在。戰壕搖晃，黑夜怒吼，夜空炸出亮光。我們在一閃即逝的亮光中對視、相互搖頭，大家都臉色蒼白、雙唇緊閉。

每個人都能感受到沉重的炮彈將戰壕的護欄炸得稀巴爛，甚至將坡堤掀起，把最上層的混凝土塊轟得支離破碎。炮彈擊中戰壕時，整個空間會發出更悶塞、狂暴的重擊聲，彷彿怒吼的野獸用爪子猛力撲擊。早上，有些新兵已經臉色發青、嘔吐不止。他們還太稚嫩。

令人反感的灰濛光線緩緩滲進戰壕通道，讓爆炸閃光看起來更死白。早晨來臨，現在，地雷的爆炸聲與炮火相互交織，震盪程度之劇烈已是前所未見。炮彈和地雷掃過的區域都成了亂葬岡。

換防的人員走出去，觀察兵跌跌撞撞走進戰壕，滿身塵土、顫抖不已。其中一人癱在角落，安靜吃著東西，另一位後備兵則在啜泣。爆炸造成的空氣壓力讓那位後備兵飛出防護矮牆兩次，但除了炮彈休克[5]之外並無大礙。

4 譯注：Schlacht an der Somme，一次世界大戰中規模最大，也是死傷最為慘烈的一次會戰。
5 譯注：經歷炮彈轟炸之後產生的心理與精神創傷。

新兵都看著他。這種情緒傳播速度極快，必須格外當心，有幾名新人的嘴唇已經開始抖動。幸好天色漸亮，或許上午就會進攻。

炮火並未減弱，連後方也沒能倖免。塵土與鐵片在舉目可及的範圍內四處噴濺，受波及的區域相當廣。

敵軍遲遲沒有進攻，不過爆炸依然持續。我們都快聾了。這時沒什麼人說話，就算說了大概也聽不見。

戰壕幾乎全毀。很多區段只剩半公尺高，到處都坑坑疤疤，土堆散落一地。有枚榴彈正好在戰壕口爆炸，眼前瞬間一片漆黑。我們被埋在坑道裡，必須自己挖出一條生路。過了一小時，入口處終於恢復通暢。因為有事情忙，我們也稍微鎮定下來。

連長爬了進來，說目前已經有兩座戰壕全毀。新兵看到他都冷靜下來，他說今晚會想辦法弄點吃的來。

這聽起來令人欣慰。除了提亞登，沒有人會想到要吃東西。想到這裡，我們距離外面的世界好像也沒那麼遙遠。新兵都覺得，如果還能帶食物進來，情況就沒那麼糟。沒有人沒有潑他們冷水；我們很清楚食物跟彈藥同等重要，不管怎麼樣都得弄到手。

不過計畫失敗。第二個中隊出去了，還是空手而回。連卡特也跟著出動，他一樣無功而返。沒有人能安然穿越如此猛烈的砲火攻擊，連狗尾巴也閃不過。

我們勒緊腰帶，放慢速度咀嚼每一口食物，將咀嚼的時間拉成三倍長。但還是沒用，我們依然餓到前胸貼後背。我給自己留了一塊麵包，先把軟的部分吃掉，把外圈的硬邊留在包包裡，偶爾拿出來啃個幾口。

夜晚令人難受。我們無法入睡，只能直盯著前方、一邊打盹。提亞登有點後悔，覺得之前拿麵包去引誘老鼠實在太浪費，應該把麵包留下來才對，現在至少還能拿來充飢。飲用水也很缺，但還算不上急迫。

接近清晨但天色未亮時出現一場騷動。一大群逃竄中的老鼠從入口衝進來，死命往牆上爬。手電筒的光源將扭動的鼠群照得一清二楚。大家放聲大叫、不斷咒罵，亂打一通。接連幾小時以來的憤怒以及絕望終於在此刻一次宣洩。所有人表情猙獰扭曲，手臂擺動揮打，老鼠則吱吱亂叫。場面好不容易才平緩下來，還差點發生自己人互相攻擊的情況。

這場騷動把大家搞得精疲力盡。我們重新躺下來等待。我們所在的戰壕還沒有人員傷亡，簡直是奇蹟。目前像這樣的深坑道已經所剩無幾。

一位軍士爬了進來，他帶著一條麵包。有三個人運氣不錯，成功在夜裡穿過炮火攻擊，弄了一些食物過來。他們說敵方的炮火絲毫沒有減弱，甚至一路轟炸到我軍的炮兵陣地。他們到底從哪弄來這麼多彈藥，實在讓人搞不懂。

我們必須等待，只能等待。中午的時候，我預料的事情發生了：有個新兵突然發作。我已經觀察他很久，看見他焦慮地磨牙，握緊拳頭之後又鬆開。那種被逼到絕境、用力瞪大的眼睛我們看多了。過去幾個小時以來，他看似更平靜，實則是像朽木那樣猛然倒下。

現在他站起來，躡手躡腳穿過房間，然後稍微停下腳步，再迅速往出口方向溜。我上前攔住他，問：「你要去哪？」

「我馬上回來。」話一說完，他還想從我身邊繞過去。

「等一下，炮火就要停了。」

他專心聽著，眼神突然亮起來，然後又馬上變得混濁，像一隻瘋狗。他把我推開，一句話也沒說。

「等一下，兄弟！」我大喊。卡特察覺異狀，就在那個新兵把我推開的同時出手幫忙，我們一起抓住他。

他立刻激烈反抗。「放開我，讓我出去，我要離開這裡！」

他完全不理我們、死命掙扎，嘴角濕潤，還噴著口水，喃喃吞吐一些含糊不清、斷斷續續的話。這就是戰壕恐懼症的症狀，他覺得自己在這裡快喘不過氣了，滿腦子只想著要逃出去。如果就這樣放任他衝出去，他會在毫無掩護的野外四處亂跑。他不是第一個出現這種症狀的了。

他變得非常不受控，甚至開始翻白眼，我們不得不出手把他打醒。我們迅速出手、毫不留情，好不容易才讓他暫時冷靜坐下來。目睹這整段過程的其他人都臉色發白，希望這多少能起一點嚇阻作用。這一連串的炮火攻勢對這些可憐的同袍來說實在太激烈。他們才剛離開募兵中心，馬上就被送上混亂狂暴的戰場，就算是沙場老兵大概也會一夜白頭啊。

經過這番折騰，戰壕裡令人窒息的空氣更讓人受不了。我們就像坐在自己的墳墓裡，等著被掩埋。

突然間爆出一陣巨響、強光刺眼，戰壕被炮彈擊中，所有接縫處都發出碎裂的喀啦聲，幸好衝擊力道還算輕，混凝土還能承受。四周傳來可怕的金屬撞擊聲，牆壁搖搖晃晃；步槍、鋼盔、泥土與灰塵胡亂飛揚。飄著硫磺味的濃煙滲透進來。如果是待在新蓋好的輕便戰壕，不像這裡這麼堅實，大家恐怕已經沒命。

被炮彈擊中還是滿慘的。剛才那個新兵又開始發狂，連另外兩個也跟著失控。

其中一人跳起來，直接衝出去。大家趕緊把剩下的兩位擋下來。我衝向其中一個準備拔腿逃跑的人，還考慮是否要開槍射他的腿。突然一陣猛烈的爆炸震波，我趕緊撲倒在地。等我爬起來一看，戰壕牆上滿是滾燙的彈片、肉屑和制服碎片。我往回爬。

第一個發作的新兵好像真的瘋了。我們一鬆手，他就像山羊一樣用頭往牆上撞。必須在夜裡想辦法把他弄到後面去。我們先把他綁起來，而且還不能綁太緊，否則敵軍進攻時就無法將他鬆綁。

卡特邀大家玩斯卡特牌。不然還能做什麼？搞不好打打牌，心情會輕鬆一點。但這也沒用。打牌的過程中，我們會仔細聽距離比較近的爆炸聲，然後就會算錯數字或打錯花色，最後只能放棄。我們就像坐在一個發出瘋狂巨響的鍋爐裡，炮彈自四面八方飛來。

又過了一夜。我們現在已經緊張到有些麻木。這種致命的緊張像一把鋒利的刀，沿著脊髓來回刮擦。兩腿僵硬、雙手顫抖，全身彷彿只剩一層薄薄的皮膚，覆蓋著我們努力壓抑的瘋狂，以及即將猛烈爆發、永無止境的咆哮怒吼。我們沒有肉體，沒有肌肉。由於對不可預知的事物產生恐懼，我們無法對視，只好緊閉雙唇。會過去的，一切都會過去的，或許能順利熬過去。

突然間，附近的爆炸停止。炮火依然持續，但攻擊範圍已經往回縮，戰壕安全了。我們抓起手榴彈，往戰壕前面扔，然後從坑口跳出去。炮彈轟炸停止，現在輪到身後的掩護炮火發動攻勢。進攻開始。

絕對沒有人會相信，在這片已經被夷為平地的荒漠中竟然還有人。但現在，許多鋼盔從戰壕裡冒出來，而在距離五十公尺遠的地方，機關槍早已就定位、開始猛力掃射。

鐵絲網被打得稀巴爛，但至少還有些阻擋作用。對手的衝鋒隊往這邊過來，我軍的炮兵開始發動攻擊。噠噠噠的機關槍聲與步槍的砰砰聲交疊。敵軍逐漸接近。海伊和克洛普開始投擲手榴彈。我們將手榴彈上的引爆線拉開後，再將手榴彈遞給他們，他們盡全力用最快的速度投擲。海伊能丟六十公尺，克洛普五十公尺，這些都經過測試，而且也非常重要。這樣一來，在距離我們三十公尺之前，敵軍除了跑什麼也沒辦法做。

我們認出那些扭曲的臉和扁平的頭盔，是法國人。他們抵達殘破的鐵絲網旁時，已有明顯傷亡。身旁的機關槍將一整列的敵軍掃射在地，不過因為碰到許多裝彈問題，他們又進一步逼近。

我看見其中一人撞上拒馬。他的臉往上揚，身體向下墜，雙手則掛在拒馬上，看起來好像在祈禱。然後他的身體整個癱倒在地，只剩千瘡百孔的手掌和殘餘的手臂還掛在鐵絲網上。

準備撤退時，前方地面突然浮出三張臉。其中一頂鋼盔底下露出一撮黝黑的山羊鬍和一雙緊盯著我的眼睛。我舉起手，卻無法將手榴彈丟向這對奇特的眼睛。在那瘋狂的一瞬間，身邊的戰場就像馬戲團一樣圍繞著我旋轉，唯獨那雙眼睛動也不動。接著，那人伸長脖子、舉起手，加上一個動作，我的手榴彈就這樣飛過去，往那人飛去。

我們往回跑，把拒馬拉進戰壕，再將拉開引爆線的手榴彈往後方丟，藉著火力來掩護撤退行動。機關槍早就在下一個據點開始射擊。

我們都成了兇猛的野獸。這不是在戰鬥，而是在保護自己不被消滅。我們並不是將手榴彈投向人；此時此刻，我們對人一無所知。舉著手、戴著頭盔在身後追趕的是死神。等了三天，終於看清死神的面貌；等了三天，終於第一次與死神抗衡。我們頂著狂暴的怒火，不再無力地躺在絞刑台上等待。為了拯救自己、為了復仇，我們可以去摧毀、去殺戮。

我們蜷縮在各個角落，躲在每一道鐵絲網後方，並在衝出去的同時將成捆的炸藥扔到迎面而來的敵人腳邊。手榴彈的爆炸聲強烈衝擊我們的手臂和雙腿，我們像貓縮著身子跑。這股態勢將我們淹沒，提著我們向前，讓我們變得殘酷，變成強盜、殺人兇手，對我來說甚至變成惡魔。這波浪潮讓我們的力量在恐懼、憤怒以及生存渴望中壯大好幾倍，讓我們去尋求一線生機、去拼搏戰鬥。哪怕你的父親這時和敵軍一起過來，你也會毫不猶豫把手榴彈往他的胸膛扔！

我們決定棄守前方的戰壕。那還算得上是戰壕嗎？早就已經被炸毀、化為烏有，只剩下幾個由通道和彈坑連接的零星壕溝與坑洞，什麼也沒有了。不過敵方的死傷人數逐漸增加，他們沒料到我們會做足抵抗的準備。

時候接近中午。陽光灼熱，汗水刺進眼裡，我們用袖子擦去汗水，裡頭有時還挾雜著鮮血。第一座狀況維持得還可以的戰壕浮現眼前，士兵已經部署駐紮、準備反擊，我們抵達後便進入其中。我方炮兵火力猛烈，成功抵擋敵軍攻勢。

後方的隊伍停滯，無法前進。我軍炮兵成功逼退敵方的攻擊，大家暫時在此等待。火力延伸至前方一百公尺處，我們再次向前突圍。我身邊有個二等兵的頭被炸掉，他還踉蹌向前多踩了幾步，血如噴泉一般從頸部噴出。

還不到近距離混戰的時候，敵方不得不後退。我們經過之前被炸毀的戰壕，繼續往前挺進。

該死，竟然就這樣掉頭！原本都已經抵達安全的後備陣地，好想爬進去、躲起來，卻還是得轉身回到恐怖之中。要不是我們在那個當下只是個機器人，或許會動也不動地躺著、精疲力竭、意志耗盡。但終究得向前推進，雖然毫無意志，憤怒卻瘋狂燃燒。我們渴望殺戮，因為前方就是死敵。他們的槍和手榴彈都瞄準了我們，要是不消滅他們，被摧毀的就會是自己！

褐色的大地，這塊破碎、龜裂的大地在太陽照射下閃著油光，一群不得歇息、愚笨麻木的機械裝置就在上頭移動。喘息如同墨水筆在紙上的規律刮擦聲、雙唇乾燥，頭腦比喝了一整夜的酒之後的狀態更混沌。我們就這樣跌跌撞撞向前挺進，而千瘡百孔、破破爛爛的靈魂之中鑽進一幅駭人的畫面：黑褐色的大地反射著油膩的陽光，垂死的士兵躺在土地上抽搐，彷彿除此之外別無選擇。當我們從他們身上躍過，他們會死命抓著我們的腿哭喊。

我們失去對彼此的所有感覺，當目光的戒備範圍中出現他人的形影，也幾乎無法去辨識和感知。我們如同毫無知覺的死人，靠著某種詭計、某種危險的魔法來行動和殺人。

有個年輕的法國士兵落後，被我們追上。他高舉雙手，其中一隻手還握著手槍，我們看不出來他是要開槍還是投降，鐵鏟一揮直接將他的臉劈成兩半。另一個法國士兵見狀想趕緊逃跑，刺刀卻咻一聲扎在他背上。他整個人彈起來，張開雙臂、放聲叫喊。他跌跌撞撞跑開，刺刀還在背上晃動。第三個法國兵把手上的武器扔掉，蹲下來雙手遮住眼睛。他和其他幾位戰俘留下來運送傷兵。

突然間，我們就在追擊的過程中衝進敵方陣地。

撤退的敵軍就在眼前，我們緊跟在後，幾乎和他們同步抵達。也因為如此，我們傷亡不算慘重。敵方拿起機關槍噠噠噠掃射，但我們只用一枚手榴彈就把他解決。雖然掃射只維持短短幾秒，我方已有五人腹部中彈。卡特用槍托將一名沒受傷的機關槍手的臉打得稀巴爛。在其他人掏出手榴彈之前，我們就先捅了他們一刀。接著，我們將他們用來冷卻機槍的水大口大口喝光。

四處都是鐵絲網鉗的喀嚓聲，我們將木板鋪在障礙物上，從狹窄的通道口跳進戰壕。海伊拿起鐵鏟，從一名身材魁梧的法國人脖子往下劈，扔出第一枚手榴彈。我們在臨時胸牆後躲了幾秒，前方那段筆直的戰壕就被炸得一路通暢。下一顆手榴彈嘶嘶作響飛過轉角，馬上又開闢出一條通道。我們一邊往裡跑，一邊將成捆的手榴彈扔進掩護壕。瞬時天搖地動，轟隆聲四起，煙霧沸騰，呻吟聲不絕於耳。踩在滑溜溜的肉屑和軟綿綿的屍體上，我們差點都要站不穩。我跌倒，摔進一個裂開的肚子裡，上頭還躺了一頂全新、乾淨的軍官帽。

戰鬥停止。由於此地不宜久留，和敵軍交鋒就先在此告一段落，我們必須在炮兵掩護下趕緊撤回自家陣地。才剛接到指令，我們就立刻衝進最近的掩護壕，在撤退之前將眼見的所有罐頭食品搜刮一空，醃牛肉和奶油罐頭更不能放過。

安全歸營，敵方暫時沒有進一步的攻擊。我們躺著喘氣休息，休息了一個多小時，完全沒有人說話。所有人耗盡精力，雖然飢餓難耐，卻沒有人有力氣去想那批罐頭食品。又過了一陣子，我們才慢慢恢復人樣。

對方的醃牛肉在前線非常出名，有時候甚至是我軍突襲的主因，因為我們的伙食太差，大家總是餓得發慌。

我們一共抓了五罐。跟我們這些吃甜菜醬果腹的餓死鬼來說，那邊的人吃得可真講究。肉就擺在那，伸手去拿就有得吃。海伊還找到一條細長的法式白麵包，他把麵包塞在腰帶後方，像佩戴鐵鏟那樣。麵包的一角沾了一點血，切掉就沒事了。

有好的東西吃真是幸運，畢竟我們還需要體力。好的伙食跟穩固的戰壕一樣重要。貪吃，是因為吃飽能救命。

提亞登還搶來兩罐白蘭地，是用軍用水壺裝的。大家傳下去輪流喝。

晚禱時間到。夜幕低垂，煙霧從彈坑中裊裊升起，彷彿其中充滿鬼魅的秘密。

白茫茫的霧氣遲疑卻步地在四周滑行，後來才又延著邊緣慢慢逸散。接著，彈坑與彈坑之間緩緩相連成長條狀。

夜色涼爽。我站崗看哨，雙眼凝視黑暗。每每進攻結束，我都覺得沮喪昏沉，所以沒辦法獨自面對自己的思緒。其實這也算不上思緒，而是每次陷入虛弱狀態時就會湧現的回憶，讓我心情變得古怪。

照明彈在高空中竄升，而我看到一幅景象，那是夏日的夜晚，我在大教堂的圓拱形迴廊中，看著小十字花園中央盛開的高大玫瑰花叢，教堂的神職人員就安葬此處。教堂周圍裝飾了耶穌受難的石頭雕刻。那裡連一個人影也沒有，無邊無際的寂靜籠罩著方形玫瑰花圃。太陽暖洋洋照在厚實的灰色石頭上，我伸手去撫觸，感受陽光的溫暖。在石板屋頂的右側角落上方，綠色的大教堂塔樓聳立在傍晚的朦朧藍色夜空中。在閃閃發亮的迴廊圓柱之間，飄散著教堂特有的幽暗沁涼。我站在那裡，心裡想著，等我二十歲就會體驗到因為女人而心思煩亂的感受。

這個景象真實到令我措手不及，心情也隨之激動，但馬上又在下一顆照明彈的強光照射之下消散。

我舉起步槍，把槍管拿正。槍管有點濕，我用手緊緊握著，用手指將濕氣搓掉。

在我們城鎮後方的草地之間，有一排老白楊樹矗立在溪流邊，從遠處就能清楚看見。雖然只長在河的一邊，大家都還是稱之為白楊樹大道。小時候我們就特別喜歡那裡，林蔭以及溪流具有莫名的吸引力，讓人想整天在那邊度過，聆聽樹葉輕柔的沙沙聲。我們會坐在溪流邊的白楊樹底下，兩隻腳掛在清澈湍急的水流中。溪水清新的氣息和微風吹過白楊樹的韻律牽動想像。我們真的很喜歡那裡，那段時光至今依然能牽動我的心緒，久久不能自己。

特別的是，所有回憶都有兩大特點。回憶總是特別寂靜，這是其中最強烈的特點。即便實際上沒有達到徹底寂靜的狀態，還是讓人有這樣的感覺與印象。另外，這些回憶都是無聲的場景，只用眼神與手勢和我交流，無言且沉默。然而，這種沉默最讓人震撼，逼得我抓緊衣袖、握好手中的槍，好讓自己不要迷失在解脫以及誘惑的情境裡，不讓身體因為放鬆舒展而潰散、消融於緬懷往事的寂靜力量當中。

回憶已遙不可及，所以如此寂靜。前線沒有寂靜可言，而前線的魔咒影響範圍之遠大讓人難以遁逃，即便是在遙遠的倉庫或休息營區，嗡嗡的轟隆聲和低沉的炮火聲依然迴盪耳邊。我們從來沒有去到遠得聽不見前線聲響的所在。尤其是這幾天，這些聲響實在讓人坐立難安。

正因回憶寂靜無聲，我們才如此沮喪抑鬱、手足無措。過往景象喚醒的不是渴望，而是無邊的悲傷。它們曾經存在，不會再回來。那段時光已經過去，是屬於一個對我們來說已經不復存在的世界。在軍營的練習場上，回憶喚起叛逆與狂野的慾望，那時它們仍與我們緊密相連，儘管已經相互分隔，但依然屬於彼此。在黎明和森林陰暗剪影之間的荒野排練行軍時，我們會唱著軍歌，而這些回憶會在歌聲中浮現。那是埋藏心中、源自於我們的深刻回憶。

然而在戰壕裡，回憶消失，心中再也沒有回憶湧現。我們已然死去，回憶則遠遠矗立在地平線上，成為幻影、一種神秘難解的映像，在心頭縈繞糾纏，令人恐懼害怕，同時又不可自拔地愛著。回憶強烈，慾望也同等強烈，但我們清楚知道過去永遠不會回來，就跟想成為將軍的願望一樣遙不可及。

即便將過往的青春時光還給我們，我們或許也不知該如何是好。這些景象所傳達的溫柔和神秘力量不可能會復活。我們或許可以置身其中、在裡頭游移穿梭，也可以去緬懷、珍愛這些回憶，並讓自己在過往意象中深受感動。但這就跟我們在端詳已故同袍的照片時是一樣的。照片裡確實看得見他的五官、他的臉。和他相處相伴的時光貌似在回憶中重新獲得生命，但他本人已經不在。

我們再也不會像以前那樣與記憶中的青春景象緊密連結。之所以深受回憶吸引，並不是因為清楚意識到回憶的美以及情懷，而是因為我們共同存在、對生命中的事物以及起落懷抱著共通的兄弟情懷。這種情懷替我們劃下界線，讓父母那輩的世界變得難以理解。面對青春歲月，我們總是溫柔地迷失其中、死心塌地奉獻投入，哪怕是再微小的事物，在我們眼裡都是通往無限的契機。或許這就是青春的特權——那時我們眼裡沒有邊界，也不覺得會有所謂的終點。血液裡流淌著某種期望，讓我們與生活的歷程合而為一。

現在，我們只能像旅人一樣，在青春歲月的風景中漫步。事實將我們燒得體無完膚，我們像商人一樣懂得分辨利害，像屠夫一樣知道什麼才是必要的。我們不再無憂無慮，反而冷漠到嚇人的地步。即便能回到過去，真的有辦法在那樣的狀態下生活嗎？

我們如同被遺棄的孩子，又像飽經風霜的老人。我們粗野、悲傷又表面。我們都迷失了吧。

雖然今晚很溫暖，但我雙手冰冷、皮膚顫抖。只有霧是涼爽的，陰森的霧氣悄悄靠近我們面前的死者，吸乾他們隱藏起來的最後一點生命。明天，這些屍體會變得蒼白慘綠，血液凝固發黑。

照明彈繼續升起，將無情的光芒投射在遲滯的地景上。地面佈滿轟炸過後的坑洞，光芒冷冽宛如月球。皮膚底下的血液將恐懼和不安帶進我的思想，讓思緒和意念虛弱地顫抖，渴望得到生命與溫暖。少了安慰和幻想，它們無以為繼，而且會在赤裸的絕望前景中迷失方向。

我聽見鍋鏟餐具的噹啷聲，馬上萌生想吃溫暖食物的強烈渴望。這應該對我有好處，能讓我冷靜下來。我努力克制，忍到有人來跟我換班。

然後我走進戰壕，找到一杯大麥粥。這碗粥煮得油膩肥香。我慢慢享用，依然一聲不吭。因為戰火暫歇，其他夥伴的心情也慢慢鬆懈。

日子一天天過去，每個小時都讓人難以理解，卻又覺得理所當然。攻擊與反攻交替進行，死者屍體在戰壕之間的彈坑中堆積如山。躺在不遠處的傷兵我們都有辦法救回來，但有些人卻得躺在那邊很久，我們只能聽他們慢慢死去的聲音。

有個傷兵我們找了兩天還是沒找到。他肯定是趴在地上無法翻身，否則不可能會找不到人。傷兵臉朝下、嘴貼在地上叫喊時，旁人其實很難判斷聲音到底是從哪裡傳來的。

他應該是受了很嚴重的槍傷，而這種受傷方式之所以棘手，是因為它既沒有嚴重到會讓身體立刻虛弱到不醒人事，但也沒有輕到可以抱著復原的期望去忍受疼痛。卡特推測他要不是骨盆碎裂就是脊椎中槍。胸腔應該沒受傷，否則不可能有這麼大的力氣叫喊。如果是其他部位中彈，應該會有人看見他移動才對。

他的聲音漸漸沙啞。那聲音聽起來相當淒慘，彷彿來自四面八方。頭一天晚上我們的人出去找了三次，每次他們以為找到方向、往那個地方爬過去，聲音又突然好像是自另一個完全不同的方位傳來。

我們就這樣徒勞無功地一路搜索到黃昏。到了白天，大夥兒還用望遠鏡掃視整個區域，什麼都沒找到。第二天，那個人的聲音變得更細微，應該是口乾舌燥了。

連長承諾說先找到他的人能優先休假，還能額外多休三天。這是非常大的誘因，但就算沒有獎勵我們也會盡力搜索，因為這個叫喊聲實在太嚇人。卡特和克洛普下午又出去找了一次，亞伯特的一片耳垂還被子彈打掉。大家都無功而返，沒有人成功把他帶回來。

他呼喊的內容我們其實聽得其實很清楚。一開始他只是不斷求救，第二晚肯定是發燒了，所以開始對妻兒說話，還不時喊著愛麗絲這個名字。到了今天只剩哭泣。傍晚，他的聲音漸漸消失，只剩沙啞的喉音。但他整晚都在低聲呻吟。之所以聽得這麼清楚，是因為風往戰壕吹過來。隔天清晨，大家都以為他終於安息，沒想到又傳來一陣垂死的氣音。

這幾天高溫炎熱，死者沒能立即下葬。我們沒辦法把他們全部都弄過來，就算全部集中起來也不曉得該怎麼處理。榴彈會將他們安葬的。有些屍體的肚皮如氣球般鼓起，發出嘶嘶聲和打嗝聲，並且上下鼓動。有氣體在裡頭翻攪。

天空湛藍無雲，傍晚濕度漸增，熱氣從地底升起。風往這邊吹來，也帶來一股濃重的血腥味，一種沉重、令人作嘔的甜味。彈坑中的死人氣味就像氯仿和腐臭物的混合體，讓人噁心想吐。

夜晚變得安靜，大家出去尋找榴彈的銅導環跟照明彈的絲傘。沒有人知道為什麼銅導環這麼受歡迎。收集的人說這種東西很有價值。有些人因為撿太多，導環跟絲傘的重量壓在身上，不得不歪七扭八、彎腰駝背地走著。

海伊至少給了個理由，他想把這些東西送給自己的新娘當成吊襪帶。弗里斯蘭人[6]一聽就無法克制地大笑，還拍膝蓋說：這太幽默了！天啊，海伊，你還真是有創意！提亞登忍不住拿起最大的導環時不時往腿上套，來看看還有多少空隙。「天啊，海伊，那她的腿一定，一定是……。」他的念頭又稍微往上爬了一點。「還有

6 譯注：Friesen，屬日耳曼人的一個分支，古時的居住地等同於現今荷蘭及德國內靠近北海南部。

屁股也是，一定要……要跟大象一樣。」

他意猶未盡。「好想跟她玩矇眼打屁股的遊戲，我的天啊……。」

海伊笑得燦爛，他很滿意自己的新娘成為熱門話題。他簡潔有力地說：「她是個結實的肉彈啦！」

絲傘的用途更廣了。依照胸圍而定，大概三到四塊就能做成一件女用上衣。克洛普和我把絲傘拿來當手帕，其他人則把它寄回老家。要是家裡的女人知道撿拾這些薄薄的破布有多危險，一定會被嚇壞吧。

克洛普冷靜地試著將一顆未爆彈上的導環敲下來，卡特在旁邊可是看得心驚膽跳。換作是別人，這個東西早就爆炸了，但提亞登向來都滿走運的。

有兩隻蝴蝶在戰壕前飛舞一整個早上。那是鉤粉蝶，黃色的翅膀上有紅斑點綴。是什麼東西把蝴蝶吸過來的？方圓幾英里內根本就花草不生。蝴蝶停在頭骨的牙齒上休息。早就習慣戰爭的鳥兒也和牠們一樣無憂無慮。每天清晨，前線這邊總是能看見百靈鳥的蹤影。一年前我們還能近距離觀察鳥兒孵蛋，雛鳥甚至還平安長大了。

戰壕裡的老鼠倒是不需要操心了。牠們在前面，原因我們也都了然於胸。老鼠越吃越肥，我們則是見一隻殺一隻。到了傍晚，對面又會傳來車輪滾動的聲響。白天炮火不算猛烈，修補戰壕還算可行。我們還能找些樂子呢，負責表演的就是空軍的飛機了。每天都有數場空戰輪番上演，而且從來不缺觀眾。

戰鬥機我們可以接受，偵察機則像瘟疫一樣惹人厭，因為它們會將炮火引到我們這邊來。偵察機出現之後不到幾分鐘，子母彈和榴彈就會接續襲來。有一天我們因此失去十一位夥伴，其中包含五位醫護兵。有兩個人被炸得粉碎，提亞登還說根本可以用湯匙直接把他們從戰壕牆上刮下來放進鍋裡埋葬。另一個人的下腹部和腿部都被炸得稀爛。死時，他的胸膛緊緊倚靠著壕溝，臉色跟檸檬一樣黃，落腮鬍之間的菸還沒熄，一直燒到嘴唇邊緣才滅。

我們暫時將屍體堆放在彈坑中，目前已經疊了三層。

突然間，炮火再次猛烈襲來。我們的身體馬上僵硬起來，而除了乾瞪眼、坐著空等，也沒別的事好做。

進攻、反攻、衝鋒、反衝鋒，這些詞彙究竟意味著什麼？我們失去很多人員，大部分是新兵。增援部隊過來遞補，是一個新編的團，裡頭都是近一年來剛入伍的年輕人。他們幾乎沒有受過任何訓練，只學了一些理論就上戰場。他們知道什麼是手榴彈，對掩護卻一無所知，更缺乏敏銳的洞察力。地面上的土坡要是沒有高過半公尺，他們大概是不會發現的。

雖然真的很需要支援，但教育新兵所費的功夫幾乎都要超過他們帶來的效益了。在這個炮彈如雨下的區域，他們像無頭蒼蠅一樣紛紛墜落倒地。今天的陣地戰需要充分的知識與經驗，士兵必須對地形有所了解，也要知道如何分辨不同的彈藥聲和威力，需要能提前預測炮彈落地的位置、爆炸範圍，以及該如何保護自己。

想當然，這批年輕的增援部隊什麼都不曉得。他們被炸死，是因為他們根本無法分辨子母彈和榴彈；他們像雜草一樣被收割，因為一聽到後方遠處那些不危險的大口徑砲彈轟鳴就嚇得半死，卻沒發現在低空平面輕聲呼嘯的小型炮彈。原本該分散跑開，他們卻像綿羊一樣縮在一起，連傷員也像兔子一樣被轟炸機殲滅。

跟白菜頭一樣慘白的臉、拼死抓緊的可憐雙手，這些可憐的小狗硬是裝出勇猛的姿態衝鋒陷陣，但他們也很膽小怯懦，不敢放聲哭喊，即便胸口、肚腹和手腳都被炮彈撕裂，也只敢輕聲啜泣叫媽媽，一被人看見就會馬上停下來！

他們削瘦、稚嫩的臉孔死氣沉沉，猶如早夭的孩子那樣面無表情，看起來著實嚇人。

看著他們跳起、奔跑還有跌倒的樣子，總讓人喉頭哽咽。看他們慌亂笨拙的行動，實在讓人想狠狠揍他們一頓，然後再把他們抱離開這裡，因為他們不屬於這裡。他們穿著灰色的軍服、軍褲和軍靴，但對多數人來說這些制服太過寬鬆，布料掛在他們細瘦的四肢窄肩上空空地晃動。他們的身體太瘦小，根本沒有這種孩童尺寸的軍服。

每死一個老兵，新兵大概就要死五到十個。

某次突如其來的毒氣攻擊奪走許多新兵的命。他們根本不曉得接下來會面臨什麼情況。我們找到一個掩護壕，裡頭全員喪命，每個人都臉部發青、嘴唇發黑。有個彈坑裡的士兵太早把防毒面具摘下來，沒意識到毒氣在低處停留的時間最長。他們看到上面的人把面具拿下來就跟著動作，吸進的毒氣量多到足以燒傷肺部。這種情況無藥可救，只能不斷咳血、窒息而死。

在一段戰壕裡面，我突然看見希姆史托斯。我們彎腰縮進同一個掩護壕，大家屏息靜氣，躺在一起等待衝鋒進攻。

雖然情緒焦躁激動，但往外衝出時腦中依然閃過一個念頭：我沒看見希姆史托斯。我隨即跳回掩護壕，看見他正瑟縮在角落。他只不過是被一小發子彈擦破了皮，卻裝出受重傷的樣子。他的臉看起來好像挨了一頓打，神色慌張不安，畢竟在戰場上他還是新手。不過年輕的增援部隊都出去了，他卻還在這裡，這點最讓我抓狂。

「出去！」我嘶吼。

他動也不動，嘴唇發抖、鬍子顫動。

「出去！」我又重複了一次。

他把腿縮起來，身體緊貼在牆上，像狗一樣張嘴露出牙齒。

我抓住他的手臂，試著把他拉起來。他扯開喉嚨尖叫，這讓我更崩潰。我掐住他的脖子，把他當成麻布袋猛力搖晃，他的頭左右擺盪，然後我朝他的臉大喊：「你這個混蛋，給我出去——你這個畜生、虐待狂，想要這樣躲起來是嗎？」他眼神癡呆，我把他的頭推去撞牆。「你這個垃圾！」踹他肋骨。「你這隻豬！」我把他往外推，讓他的頭先探出去。

剛好有一批新的隊伍從外頭經過，隊伍中有一位少尉看見我們之後大喊：「前進、前進，跟上、跟上！」剛才拳打腳踢辦不到的事，這幾個字馬上做到了。希姆史托斯聽從上級指示，回神看看四周，趕緊跟上隊伍。

我跟在後頭，看見他跳著往前，又變成軍營操練場上那個精神飽滿的希姆史托斯。他甚至追上少尉，遙遙領先在前頭。

輪番炮擊、掩護炮火、狙擊炮火、地雷、毒氣、坦克、機關槍、手榴彈——字詞，這些都只是字詞，但所有殘忍與恐怖都囊括其中。

我們臉上佈滿結痂，心靈思想枯竭，全身的氣力也已經消耗殆盡。發動攻擊的時候，我們必須出拳將某些人打醒才有辦法讓他們跟著向前，大家眼睛發炎、雙手撕裂、膝蓋流血，手肘血肉模糊。

到底過了多久，是幾週、幾個月，還是幾年？其實只有幾天。我們從垂死者毫無血色的臉上看見時間流逝，我們用湯匙將食物送進口中填飽肚子，我們奔跑、投擲、射擊、殺戮，我們倒臥在地，虛弱無力。讓人繼續撐下去的唯一動力，是身邊那些更虛弱、更無助、更麻木的夥伴。他們瞪大眼睛看著我們，把我們當成有時能成功掙脫死亡的神。

在短短幾小時的休息時間，我們會教他們：「那個，有看到那顆搖搖晃晃的彈頭嗎？那是地雷！躺著不要動，它往那邊過去了。如果是往這邊來，就要趕快跑！這個躲得掉。」

我們訓練他們的耳力，讓他們聽見小型炮彈的細微呼嘯聲。這種聲音幾乎無從辨別，必須從一大堆噪音當中去感知，聽起來像是蚊子的嗡嗡聲。我們告訴他們這比更早就能聽見的大型炮彈聲更危險。我們實際演練，讓他們知道如何閃躲敵機，以及怎麼在敵人追擊時裝死，還有手榴彈要怎麼拉開才會在落地前半秒爆炸。我們解釋在碰到裝有撞擊引信的榴彈時，要以閃電般的速度跳進彈坑。我們教他們如何用一綑手榴彈攻陷敵方的戰壕，說明敵方手榴彈與我方手榴彈在爆炸時間上有何差異。我們教他們留意毒氣彈的聲響，也分享各種閃避死亡的小訣竅。

他們聽著，也真的很仔細聽，但只要戰鬥一開始，幾乎又會在手忙腳亂當中把一切搞錯。

海伊．威斯胡斯的背脊受了重傷，所以被運走。他每呼吸一次，我們都能從傷口看見肺部的脈動。我還來得及握住他的手。「不行了，保羅。」他呻吟著，痛苦到緊咬自己的手臂。

有人頭蓋骨不見了還活著，有士兵雙腳被炸斷還在奔跑，他們靠著碎裂的腿部殘肢一拐一拐跑到最近的坑洞中。一名二等兵用手拖著破碎的膝蓋爬行兩公里。另一個人到急救站去，雙手緊壓著腹部的傷口，腸子還溢出來。有些人沒有嘴巴，有些人沒有下顎、沒有臉。我們還發現有人用牙緊咬手臂的動脈整整兩小時，以免失血過多。太陽升起，黑夜降臨，炮彈咆哮，生命結束。

然而，腳下這塊戰火肆虐的土地，在敵方強勁的攻勢下還是守住了。棄守範圍只有幾百公尺，但每一公尺都有人戰死。

有人來換防。車輪在腳下滾動，我們呆滯地站著。一聽見前面有人喊「小心，有電話線」，大家就屈膝蹲下。上次經過這裡的時候是夏天，樹木還是綠的，現在看起來卻像秋天，夜色灰暗潮濕。車停了，我們爬下車。一群衣衫破爛的士兵，看起來亂糟糟的，都是剩下的人。黑暗中，大家擠在兩側，不斷呼喊著團跟連的編號。每喊一次就分出一小堆人，小小一群骯髒、蒼白的士兵，數量少得可憐。少得可怕的一小撮人，少得可憐的一群殘兵。

有人喊到我們這連的編號，聲音聽得出來是連長，他也逃過死劫，手臂還綁著繃帶。我們往他的方向走去，我還看見卡特跟亞伯特。我們站在一起，緊靠在一起，看著彼此。

後來大家又聽見好幾次有人呼喊我們這連的編號。但他喊得再久，野戰醫院和彈坑中的人也聽不見。

又一次：「第二連集合！」

然後聲音變小：「第二連就這樣嗎？」

他沉默不語，沙啞地問：「就這些人？」然後命令：「報數！」

早晨的天空灰濛濛的，出發時還是夏天，當時總共有一百五十人。現在我們不停打冷顫，已經入秋，樹葉沙沙作響，報數聲也充滿疲憊：「一——二——三——

四——」，喊到三十二之後就沒聲音了。安靜了好一陣子，才有人問：「還有人嗎？」等了一下之後才說：「成隊——。」聲音又在這裡中斷，才後喊出口令：「第二連……」連長吃力地吐出最後一句指令：「第二連，便步走！」

一行人，短短的隊伍，拖著沉重的步子在晨曦中摸索前進。

三十二個人。

07

這次，我們來到比平常更遠的野戰兵營，好重新整編隊伍。我們這連需要補一百多名新兵。

這段時間，只要沒有執行勤務，我們就到處閒晃。兩天後，希姆史托斯來找我們。實際到過戰壕之後，他原本那副頤指氣使的嘴臉就消失了。他提議大家之後好好相處，我也同意，因為我親眼看見他幫忙運送背脊撕裂的海伊·威斯胡斯。他講話的態度還滿明理的，所以他邀大夥一起上食堂的時候也沒人反對。提亞登倒是有些懷疑，暫時抱持保留態度。

但後來希姆史托斯還是成功收服提亞登了，因為他說伙房廚師休假的時候自己得代班。作為證明，他立刻掏出兩磅糖給我們，還多拿半磅奶油給提亞登。他甚至安排我們在接下來三天到廚房去削馬鈴薯跟蕪菁甘藍。在廚房裡，他提供的伙食根本是軍官等級的待遇。

現在有美味的伙食以及充分的休息，對士兵來說大概就是最幸福的兩件事。仔細想想，這樣的要求並不多。要是幾年前，我們可能不會把這樣的條件看在眼裡，但現在大家都心滿意足。這不過是習慣使然，戰壕也是如此。

遺忘的速度看似如此迅速，習慣或許是主要原因。前天還在槍林彈雨之中，今天卻能在這裡打打鬧鬧、四處閒晃，明天又要回去守戰壕。其實，我們什麼也沒忘。只要還在戰場上，前線的日子會像石頭一樣沉入心底，因為那些經歷太沉重，我們無法馬上思考消化。如果刻意去想，肯定會活不下去。我們早就體悟到：只要逃避閃躲，就有辦法忍受殘酷的事實；要是刻意去思考，就只有死路一條。

上了前線，想活命就得變成野獸；退回野戰軍營休息時，就會變成一灘膚淺、睡死的爛泥。這就是唯一的生存之道，我們身不由己，沒別的選擇。大家都不計代價想活下去，所以不能讓情感成為額外的負累。在和平時期，情感或許是很好的調劑，在這邊卻不合時宜。凱姆利希死了，海伊．威斯胡斯快死了，漢斯．克拉姆直接被炮彈擊中，身體四分五裂，可能要拼到世界末日才有辦法將身體拼湊全整。馬騰斯沒有腿了，梅爾死了、馬克思死了、拜爾死了、赫梅林死了，有一百二十人中彈，正躺在某個地方，這真的很慘，但又跟我們有什麼關係呢？反正我們還活著。

如果有辦法救他們，那大家都看好了，我們絕對奮不顧身、勇往直前。只要願意，要拿出多大的勇氣都不是問題。我們不知恐懼為何物——或許我們怕死，但那是另一回事，那是生理上的害怕。

戰友都死了，我們實在幫不上忙。他們已經安息，而誰又曉得我們的下場會是如何。我們只想躺下來好好睡一覺，能吃多少就吃多少，大口抽菸大口喝酒，這樣每分每秒才不會太過沉悶。生命這麼短。

只要視而不見，前線的殘酷和恐怖就會消失，我們會用荒唐和惡毒的笑話來應對。如果有人死了，我們會說他屁股夾緊了。用這種方式來談論一切才不至於發瘋；只要還有辦法這樣說笑，就有辦法抗戰到底。

但我們沒有遺忘！戰地報紙上提到部隊都超有幽默感，說我們才剛從炮聲隆隆的前線歸營，就已經在策劃舞會。全都在胡說八道。我們根本不是因為有幽默感才這麼做，是因為一旦失去幽默感，所有人都會無以為繼。但這種方式也無法長久，每過一個月，幽默感就變得更苦澀。

我也知道，只要戰爭尚未結束，所有在戰場與前線發生的一切，都會像石頭一樣沉入體內。戰爭結束，這些經歷會再次甦醒，這才是真正面對生死的時刻。

在前線的每一天、每一週、每一年都會重新再現，死去的戰友到時候也會站起來和我們一起行進。頭腦會清醒過來，內心有個明確的目標，然後並肩向前。死去的戰友在身旁，前線的歲月則在身後——但到時候，我們又要對抗誰？對抗誰呢？

前段時間，這區有一間戰地劇院，木頭看板上還貼了彩色的放映海報。我和克洛普瞪大眼睛站在看板前，不敢相信世界上竟然有這種東西。海報上有一個穿著淺色夏日洋裝的女孩，腰間繫了紅色的漆皮腰帶。她一手扶著欄杆，一手拿著草帽，穿著白鞋和白色絲襪，是雙精緻的一字繫帶高跟鞋。蔚藍大海在她身後閃閃發光，還有幾道翻滾的波浪，旁邊是明亮的海灣。那個女孩很漂亮，鼻子窄窄的、嘴唇紅紅的，雙腿修長，看起來超級乾淨又保養得宜，想必是一天洗兩次澡，指甲裡也絕對不會有污垢，頂多只有一些沙灘上的沙子。

她旁邊站了一個男子，穿著白色褲子、藍色夾克，還戴了一頂水手帽，不過我們對他就沒什麼興趣。

木頭看板上的女孩簡直是個奇蹟。我們完全忘記世界上還有這樣的東西存在，甚至到現在還是不敢相信自己的眼睛。無論如何，我們已經多年沒有見過類似景象了，那畫面象徵著遙不可及的喜悅、美好以及幸福。這就是和平吧，絕對錯不了，我們內心一陣激動。

「你看那雙輕巧的高跟鞋，穿著行軍應該走不了一公里吧。」我才說完，馬上就覺得自己很白癡。看到這種畫面竟然還會想到行軍，實在太蠢了。

「你覺得她幾歲？」克洛普問。

我猜：「頂多二十二吧，亞伯特。」

「那就比我們大了，我猜她未滿十七歲！」

我們都起了雞皮疙瘩。「亞伯特，這女的真的很漂亮，你不覺得嗎？」

他點點頭。「我家裡也有白褲子。」

「白褲子，」我說：「但長這樣的女孩……。」

我們低頭打量彼此，身上實在沒什麼像樣的行頭。在這裡，每個人穿的都是褪色、破爛，到處都是縫補痕跡的髒舊制服。這樣一比實在讓人喪氣。

所以我們先將看板上的白褲男子刮下來，動作特別小心，以免弄壞海報上的女孩。這一番動作之後，海報看起來比較像樣了。然後克洛普建議：「可以除一下身上的蝨子。」

我不覺得這是個好主意，因為除蝨子不僅會傷到衣服，兩小時後蝨子又會重新出現。不過，我們又看了看海報，沉浸在美好的畫面之中，我還是答應了。我甚至想得更遠：「能看看有沒有辦法弄到一件乾淨的襯衫。」

出於某種原因，亞伯特說：「如果有新的裹腳布就更好了。」

「裹腳布也行，去找一下吧。」

這時，勒爾跟提亞登往這個方向晃過來，他們看到海報，話題一下子就變得很下流。勒爾是班上第一個跟女性發生過關係的人，他也講過一些讓人聽起來臉紅心跳的細節。他用他自己的方式欣賞這幅海報，提亞登跟他一搭一唱。

我們不覺得噁心，畢竟不下流就不是軍人。只是當時我們沒那個興致，所以從旁邊離開，往除蝨子的地方走去，感覺像是要去一家高級男裝店。

軍隊紮營的房子靠近運河，河的對岸有幾個池塘，池塘邊長滿白楊樹。運河的另一邊也有女人。

我們這側的住宅已經搬空，但另一邊偶爾還會看見一些居民。

傍晚我們在河裡游泳，看見沿岸有三個女人走來。我們沒穿泳褲，她們的眼神也沒有特別迴避，就這樣慢慢走著。

勒爾向她們打招呼。她們笑著停下來看我們。我們用臨時想到的蹩腳法文跟她們說了幾句，講得亂七八糟，只是不想讓她們走而已。實在是講不出文雅的好聽話，但我們又怎麼講得出什麼像樣的東西呢？

其中有個女子身材纖細，膚色較深，笑的時候牙齒還閃閃發亮。她動作迅速，裙子輕輕在雙腿上來回撫動，雖然水很冷，我們還是很有活力，想盡辦法要勾起她們的興致，讓她們留下來。我們試著說笑話，只可惜她們回話的時候我們卻聽不懂，只能笑著揮手。提亞登比較冷靜，他跑進營房拿了一條軍糧麵包，把麵包舉得高高的。

這招很管用。她們又是點頭又是招手，表示要我們過去。但我們沒辦法到河的對岸，否則會違反禁令。每座橋都有守衛站崗，沒證件根本過不去。所以我們示意要她們過來，她們手指著橋、搖搖頭。她們也不准過來。

她們回頭沿著河岸慢慢往運河上游走。我們在河裡往同樣的方向游，陪著她們前進。幾百公尺後，她們拐了個彎，指著樹木和灌木叢後方若隱若現的一棟房子。勒爾問她們是否住在裡面。

她們笑著說是，那就是她們的房子。

我們對她們大喊，說等一下警衛沒看見的時候我們想過去。晚上過去，今晚。

她們舉起雙手，手掌攤平放在一起，把臉埋進去，閉上眼睛。她們明白了。身材纖細、膚色較深的女子還手舞足蹈了起來。另一個金髮的則興高采烈說：「麵包——好——。」

我們急著保證說絕對會帶麵包過來，還答應會連別的好東西一起帶。我們轉轉眼珠子、用手勢比劃，勒爾甚至為了清楚表達「一根香腸」還差點淹死。需要的話，我們甚至願意把整個倉庫的軍糧都搬過去。她們一邊走，不時回頭看。我們爬上自己這側的河岸，仔細觀察她們是不是真的進了那間房子，畢竟她們有可能是在說謊。然後我們又游回去。

沒有通行證，誰也沒辦法過橋，只能趁半夜游過去了。大家都亢奮難耐、靜不下來，沒辦法好好待在一個地方，所以一起往食堂的方向去。那裡剛好有啤酒跟潘趣酒。

我們喝著潘趣酒，一邊瞎扯自己碰過的荒謬怪事。大家都很樂意相信彼此說的故事，還迫不及待搶著講更多誇張的事蹟。我們的手閒不下來，抽了多到數不清的菸，克洛普還想到說：「其實也可以帶幾根菸給她們」。我們這才把菸放進帽子裡收好。

天色嫩綠，好像未熟的蘋果。我們有四個人，但只有三個人能過去，所以必須擺脫提亞登。我們一直灌他蘭姆酒跟潘趣酒，直到他醉到沒辦法走。天黑之後，我們走回營房，提亞登走在中間。豔遇的刺激感讓我們全身發燙。我們已經說好，那個纖細黝黑的女子歸我。

提亞登倒頭躺在草袋上打呼，沒過多久又醒來，朝我們露出一個狡猾的笑容。大家都嚇到，以為他從頭到尾都在裝醉，買酒請他喝的錢都白花了。不過他又馬上倒回去繼續睡。

我們三個人各帶一整條軍用麵包，用報紙包好，另外還放幾根香菸還有三大份今天晚上才拿到的豬肝腸。這已經是一份像樣的禮物了！

我們暫時把東西放在靴子裡，因為我們必須帶著靴子，以免踩到對岸的鐵絲和碎玻璃。反正都得下水游泳，衣服就不需要了。現在天色很暗，距離也不遠。

我們拎著靴子出發，沒多久就跳進河裡，用仰式往對岸游去，把靴子連同裡頭的東西舉在頭上。

到了對岸，我們躡手躡腳上岸，把包裹拿出來、穿上靴子。我們把東西塞在腋下，全身濕透、身子赤裸，只穿靴子快步向前。我們很快就找到灌木叢中那棟黑漆漆的房子。勒爾不小心被樹根絆倒，手肘擦傷，但還是雀躍地說：「沒事。」

窗前的百葉窗緊閉。我們悄悄在房子周圍繞，試著透過縫隙偷看裡面。大家都越來越不耐煩。克洛普突然有些猶豫。「要是剛好有少校在裡面怎麼辦？」

「那就溜啊。」勒爾奸笑說：「他可以在這邊看到我們的團號。」他拍一下自己的屁股。

房子的大門是開的。靴子發出好大的聲響。一扇門打開了，裡頭透出光線，有個女子發出驚嚇的尖叫。我們連忙用法文說：「噓，噓——同伴、好朋友——。」一邊舉起包裹做出懇求的樣子。

另外兩個女子也出現，門完全敞開，燈光照在我們身上。她們認出來了，看到我們這副鬼樣子還笑到無法克制。她們在門框邊笑到彎腰後仰、停不下來，姿態還真靈活柔媚！

「等一下。」她們走進去，找了幾件衣服丟給我們。我們把衣服隨便套在身上才能進去。房裡點了一盞小燈，暖暖的，還帶有淡淡的香水味。我們拆開包裹、交給她們。她們眼睛為之一亮，看得出來是餓壞了。

然後在場所有人都有些尷尬。勒爾做了個吃飯的手勢，氣氛才又活絡起來。她們去拿盤子和刀叉，專心吃著。每將一片肝腸送進嘴裡之前，她們都會把它舉得高高的，用讚嘆的眼神端詳一番。坐在一旁的我們覺得很自豪。

她們用自己的母語嘰嘰喳喳說個不停，雖然都聽不太懂，但感覺得出來都是些友善的好話。或許我們看起來很年輕，那個苗條、黝黑的女子走過來輕輕撫摸我的頭髮，說著所有法國女人時常掛在嘴邊的話：「戰爭——大災難——可憐的男孩——。」

我緊緊抓著她的手臂，嘴貼在她的手掌心。她的手托著我的臉，撩人的雙眸、柔嫩的棕色肌膚和紅唇都近在眼前。她嘴裡說著我聽不懂的話，眼神透出的訊息也遠超乎我們來時所預期。那眼神我也看不明白。

隔壁就是房間，我經過時看見勒爾跟那個金髮女子抱在一起，發出很大的嬉鬧聲。他對這種事駕輕就熟，但我，我卻迷失在如此陌生、輕柔、狂烈的感受之中，只能順勢而為。我的願望是一種奇特的綜合體，混雜了渴望以及沉醉。我頭暈目眩，但這裡沒有任何東西能讓我支撐倚靠。我們都把靴子留在門外，進來之後換上她們提供的拖鞋。身上也沒有步槍、腰帶、軍服或軍帽，任何提供軍人安全感或自信的東西都不在。我任憑自己墜入未知的世界，接受即將發生的一切——但不管怎麼說，還是有點緊張。

纖細、膚色黝黑的她沉思時眉毛會動，說話時卻動也不動。有時候，她嘴裡發出的聲音還沒形成一個完整的詞語就突然消失，或是說到一半就從頭頂飛過，像一道彩虹、一條軌跡，或一顆彗星。我曾經從中瞭解到了什麼？現在又知道了些什麼？這些來自異國語言的陌生字句讓我頭腦昏沉，陷入寂靜之中。棕色的昏暗光線之下，房間看起來朦朧模糊，只有我上方那張臉依然生動、清晰。

臉真是千變萬化。一小時前依然陌生的臉孔，現在卻如此溫柔。這溫柔不是來自臉孔本身，而是黑夜、世界和血液共同在臉上迸發的光芒。房間裡的所有東西在這樣的光輝觸動之下開始轉變，展現一股奇異的質地。燈光打在我蒼白的皮膚，那雙冰涼的棕色小手又在上頭輕撫，我幾乎要對自己的皮膚心生敬畏。

這裡的一切與軍妓院簡直是天壤之別。我們得拿到許可才能去軍妓院，還必須大排長龍。我盡量不去想，但軍妓院的畫面卻不由自主從腦海中閃過。我心頭一驚，因為這些經歷或許永遠也無法抹滅。

接著，我感覺到那位苗條、黝黑女子的雙唇，我迫不及待迎上去、閉上雙眼，想藉此將戰爭、殘酷以及卑鄙的一切都抹去，醒來之後快樂又年輕。我想起電影海報上的女孩，剎那間，我突然覺得只有得到她，自己才有辦法活下去。於是，我更用力貼緊那雙抱著我的手，或許這樣就會出現奇蹟。

不知怎麼，我們幾個之後又聚在一起。勒爾容光煥發，我們熱情道別，穿上靴子。夜晚的空氣替滾燙的身體降溫，高大的白楊樹在黑暗中挺立，樹葉沙沙作響。月亮不僅高掛空中，也倒映在運河水面。我們不跑，只是並肩大步走著。

勒爾說：「這個軍麵包還真是值回票價！」

我不曉得該不該開口說話，甚至沒有高興的感覺。

然後我們聽見腳步聲，趕快躲進旁邊的灌木叢。

腳步聲越來越近，往我們這個方向靠過來。我們看見一名全身赤裸、只穿靴子的士兵。他跟我們一樣腋下夾著一個包裹，邊跑邊跳向前衝。是正在趕路的提亞登。他一轉眼又不見了。

我們笑出來，他明天一定會罵人。

我們神不知鬼不覺回到自己的草袋床墊上。

連長叫我到辦公室，拿了休假證明跟車票給我，還祝我旅途愉快。我看了一下自己能放幾天假。十七天，其中十四天是休假，三天用來交通。我覺得不夠，問連長能不能給我五天交通假。貝廷克指著我的車票，我這才發現自己不需要馬上回前線，假期結束後我要去海德拉格（Heidelager）軍事訓練場報到。

其他人都很羨慕。卡特給我一些不錯的建議，教我如何在訓練營裡面撐下去：「如果你夠機靈，就待在那裡不要回來。」

其實我比較想要八天後再出發，反正我們還會在這裡待八天，這裡也沒有不好啊——。

我得請大家到食堂喝酒了，這是理所當然的。大家都有幾分醉意，我覺有些悶悶不樂。要離開六個星期，這確實非常幸運，但是等我回來的時候這裡又會是什麼樣子？我還會再見到大家嗎？海伊跟凱姆利希已經走了，下一個又會是誰？

大家喝著酒，我一個一個看著他們。亞伯特坐在我旁邊抽菸，他心情很好，我們一直都在彼此身邊。卡特坐在他對面，肩膀垂垂的，大拇指寬闊，語調和緩平穩；再來是笑聲豪爽、暴牙的穆勒；眼睛看起來像老鼠的提亞登；滿臉鬍子、看起來已經四十歲的勒爾。

頭頂煙霧繚繞。少了菸草，士兵還有辦法活嗎？食堂是避風港，啤酒不只是飲料，還代表能安心自在地將四肢舒展開來。我們也確實伸展得很徹底：腿向前伸得長長的，還舒舒服服地朝四周吐痰，樣子可真放鬆自然。如果有人隔天要出發休假，這就是必要儀式！

到了傍晚，我們又去了一趟運河的另一邊。我幾乎不敢告訴纖細、黝黑的她說我要走了，而且回來之後可能會到離這裡更遠的地方；換句話說，我們不會再見面。但她聽了只是點點頭，沒多說什麼。起初我不太明白，後來才知道勒爾說得對：我要是上前線，她就會說：「可憐的男孩」。但對於休假的士兵來說，她們不想知道太多，也沒什麼興趣。隨便她們在那邊嘰哩呱啦講什麼吧。人相信奇蹟，再來就是軍用麵包了。

隔天早上，除完蝨子之後，我就到軍隊的野戰車站。亞伯特和卡特陪我去。我們在車站大廳得知火車可能還要幾個小時才會發車，他們又得回去執勤，就決定先道別。

「保重啊，卡特。亞伯特，保重。」

走的時候他們又揮了幾次手，身影越來越小。他們的每個步伐和動作我都如此熟悉，從大老遠就能認出來。人影就這樣消失。

我坐在背包上等著。

突然間我等不及了，好想趕快離開。

躺了幾座火車站、在許多流動廚房前站著等待，也在很多木板條上蹲過之後，外頭的景色變得更壓抑、詭異又熟悉。向晚時分，車窗外閃過一幕幕村莊的畫面。低矮的茅草屋頂像頂帽子，蓋在用石灰水粉刷過的半木造房屋上；玉米田在斜陽照射下閃爍著珍珠母貝的光芒；還有果園、穀倉和古老的菩提樹。

我漸漸認得車站的名字，心頭開始顫動。火車轟隆作響，我站在窗邊緊抓著窗框。這些站名劃定了我年少時期的活動範圍。

遼闊的草地、田野和農舍，一輛牛車行進在與地平線平行的小徑上，身影在天際邊顯得孤單。農民在平交道柵欄前等待，幾位女孩在招手，孩子則在鐵路提上玩耍。還有一條通往鄉間的小路，路面平整，沒有炮火的痕跡。

現在是傍晚，要不是火車轟隆聲鏗鏘作響，我肯定會放聲大叫。眼前的平原豁然開朗，暗藍色的夜空中隱約出現遙遠群山的輪廓。我認出多本山[7]特有的稜線，那道鋸齒狀的山脊在森林頂端處突然中斷。後方肯定就是城市。

這時，金紅色的斜陽朦朧地流淌在大地上，火車嘎吱嘎吱駛過一個又一個彎道。虛幻又縹緲的白楊樹矗立在黑暗之中，遠遠的，一排接著一排，彷彿是由影子、光線和憧憬所組成。

田野緩緩轉到另一個方向，火車正繞著它們行駛。白楊樹之間的距離越縮越小，隨即連成一整片，有一瞬間我只看見其中一棵，然後其他棵又緊接著從後方成排出現。它們就這樣孤單地處佇立在天際邊好長一段時間，後來才被第一批出現的房舍擋住。

鐵路交叉口。我站在窗邊，不想離開。其他人紛紛收拾東西準備下車。我口中喃喃唸著目前正在穿越的街道名：不萊梅街——不萊梅街——。

底下是自行車騎士、汽車跟行人。那是一條灰暗的街道和一條灰暗的地下道，它們扣動我心弦，好像我母親似的。

然後，火車停了下來，車站裡熙來攘往、人聲喧鬧，還掛滿各種告示牌。我背起背包，扣上扣環，手中握緊步槍，踉蹌下車。

我在月台上四處張望，行色匆匆的人群中沒有半個是我認得的。一位紅十字會的護士拿飲料給我喝。我轉過身去，她對我不停傻笑，表現得一副自己好像在執行重要任務似的：你們看，我正在倒咖啡給士兵喝。她還叫我「同志」，剛好是我現在最不想聽到的。

到了車站外頭，路旁溪水潺潺，流經磨坊的水閘橋時還激起白色的浪花。古老的四方形眺望塔就立在一旁，前方是棵巨大、斑駁的菩提樹，昏黃的暮色襯托其後。

我們以前常坐在這裡——那是多久以前的事了？——我們會經過這座橋，聞著淤積河道飄散出來的冰涼腐臭味，對著水流靜止的這一側彎腰往下看。在這一側的水閘裡，攀藤植物和藻類垂掛在橋墩上。天氣炎熱的時候，我們喜歡看著不斷濺起的白色水花，一邊講老師壞話。

---

7 譯注：此山應是作者虛構，有說法認為是參考多倫貝格（Dörenberg）這座山的名字。

我走過橋，往左右兩邊看看，水裡依然長滿藻類，水流也仍舊像一條明亮的弧線往下奔流。瞭望塔樓裡，燙衣女工捲起袖子站在雪白的衣物前方，跟當年一模一樣。熨燙衣服的熱氣從敞開的窗戶竄出，小狗踩著閒散的步伐在窄街中穿梭。居民站在門前，看著全身髒兮兮、背著行囊的我走過。

我們來過這家甜點店吃冰，還在這邊學會抽菸。順著這條街往前走，每間房子、殖民地進口雜貨店、藥房和麵包店，我都非常熟悉。接著，我站在那扇門把破舊的棕色大門前，手突然變得好沉重。我打開門，一股奇妙的涼爽感迎面而來，雙眼瞬間濕了。

樓梯在靴子底下發出嘎吱聲。上方有扇門啪噠一聲打開，有人扶著欄杆往下看。打開的是廚房的門，有人正在煎馬鈴薯餅，屋裡充滿薯餅的香味。今天是星期六，從樓上往下看的人應該是我姐。我突然覺得有點害羞、低下頭，然後把頭盔摘下往上看。沒錯，是大姐。

「保羅！」她大喊。「保羅——！」

我點點頭，背包不小心撞到扶手。步槍實在是太重了。

她推開另一扇門大喊：「媽，媽，保羅回來了！」

我沒辦法繼續往前了。媽媽，媽媽，保羅回來了。

我靠在牆上，抓著頭盔和步槍。我用盡全力緊緊握著步槍和頭盔，但是一步也跨不出去。樓梯在我眼前模糊，我把槍抵在腳上用力撐著，氣憤地咬著牙，卻完全無法抵抗姐姐口中喊出來的那個字。儘管我用力想擠出一點笑容、說幾句話，但就是一個字都說不出口。我就這樣站在樓梯上，鬱悶無助，激動抽搐。我也不想這樣，止不住的淚水依然從臉龐滑落。

姐姐走回來問：「怎麼了？」

我打起精神，跌跌撞撞走到前廳。我把步槍靠在角落、背包倚在牆邊，頭盔放在背包上。腰帶跟上頭扣著的東西也得拆掉。然後我有點惱怒地說：「不能先拿條手帕給我嗎！」

她從櫥櫃裡拿了一條手帕給我，我把臉上的淚水擦乾。上方的牆面掛了一個玻璃盒，裡頭擺了色彩繽紛的蝴蝶標本，都是我以前搜集的。

我聽見母親的聲音，她從臥室走過來。

「她還沒起床嗎？」我問姐姐。

「她生病了。」她說。

我走進臥室看她，握著她的手，盡可能冷靜地說：「媽，我回來了。」

她躺在昏暗不明的光線中。我感覺到她正用眼神小心試探我，語氣有些緊張：

「你受傷了嗎？」

「沒有，我休假。」

母親的臉色非常蒼白，我不敢開燈。「我只會躺在這裡哭。」她說：「應該要高興才對。」

「媽，你生病了嗎？」我問。

「今天要起來活動一下。」說完之後，她轉頭看向我姐。姐姐得時不時往廚房跑，確認薯餅沒有燒焦。母親問我：「去把那罐糖漬蔓越莓打開吧，你不是很愛吃嗎？」

「對啊，媽，好久沒吃了。」

「我們好像有預感你會回來，」姐姐笑著說：「剛好都是你愛吃的，馬鈴薯煎餅，現在還有糖漬蔓越莓。」

「今天剛好星期六啊。」我說。

「來坐我這邊。」母親說。

她看著我。跟我的手擺在一起，她的手看起來蒼白憔悴，瘦瘦小小的。我們只說了幾句，我很感激她什麼都沒問。就算問了，我還不是只能說：所有能發生的都發生了。我現在安全回家，坐在她身邊。姐姐在廚房裡準備晚餐，一邊哼歌。

「親愛的孩子。」母親輕聲說。

我們家人之間不太擅長表達情感，對於需要大量勞動、總有事情要操煩的窮苦人家來說大概都是如此。他們不理解為什麼要這樣做，也不想把一些原本就知道的事掛在嘴邊。母親光是對我說一句「親愛的孩子」，就已經比那些懂得表達情感的人所做的任何舉動都更有意義。我很清楚那罐糖漬蔓越莓一定是這幾個月以來僅有的一罐，她特地為我留到現在。她現在拿給我的那些餅乾，味道已經不怎麼新鮮，肯定也是專門留給我的。她八成是剛好有機會拿到一些餅乾，就馬上替我留下來。

我坐在她床邊，對面酒館院子裡的栗子樹透過窗戶閃著棕色和金色的光芒。我深吸口氣，對自己說：「你回家了，你回家了。」但還是有點拘謹，無法完全適應。我媽、姐姐、蝴蝶標本盒，還有那架桃花心木鋼琴全都在這裡，但我依舊沒有真的回家的感覺。我和家之間好像隔了一層紗，還得再往前跨一步才會抵達。

所以我走去把背包拿到床邊，把帶回家的東西拿出來：卡特幫我弄來的一整塊埃德蒙起司、兩條軍麵包、四分之三磅奶油、兩條肝腸、一磅豬油跟一小袋米。

「這些妳們一定會用到⋯⋯。」

她們點點頭。「這邊食物應該很缺吧？」我問。

「對啊，東西真的不多。前線都夠嗎？」

我笑著指著自己帶回來的東西。「也不是永遠都這麼多，但還過得去。」

艾娜把食物拿去放。媽媽突然抓住我的手，支支吾吾地問：「保羅，前線是不是很糟？」

媽媽，我還能說什麼呢？妳不會明白，也永遠不會理解的。最好不要知道那麼多。妳——妳，我的母親——問前線是不是很慘。我搖頭說：「不會，媽，沒有很慘。我們跟很多人在一起，沒那麼糟糕。」

「是哦？不過前一陣子海因利希．布雷德邁爾回來，他說前線很可怕，除了毒氣還有其他恐怖的東西。」

說這話的是我母親。她說前線有毒氣還有其他恐怖的東西。她不曉得自己在說什麼，只是擔心而已。難道我要告訴她，有一次我們發現敵方的三條戰壕，裡頭每具屍體都僵硬凍結，好像中風一樣嗎？難道我要告訴她，那些人要不是靠在戰壕的胸牆，就是站或躺在戰壕裡，臉色發青，已經死了？

「沒啦，媽，只是這樣說而已。」我回答：「布雷德邁爾只是隨便講講，妳看，我沒事啊，還胖了呢。」

面對母親的顫抖的擔憂，我竟然冷靜下來。現在，我可以輕鬆走來走去、談笑風生。即便世界變得像橡皮一樣柔軟，血管像保險絲那樣易熔易斷，我也不會害怕到得靠在牆上。

媽媽想起床，我趁這時到廚房找姐姐。我問：「媽怎麼了？」她聳聳肩說：「已經這樣躺好幾個月了，但我們不想要寫信告訴你。有請幾個醫生來看過了，其中一個說可能又是癌症。」

我到區指揮部報到，踩著閒散緩慢的步伐走過幾條街。時不時會有人開口搭話，但我都沒有久留，因為實在不想多聊。

準備從指揮部回家時，有人大聲叫我。我轉過身去，有些心不在焉，發現眼前站了一位少校。他對我說：「您怎麼沒敬禮？」

「抱歉，少校先生。」我有些不知所措：「剛才沒看見您。」

他嗓門更大了。「連怎麼好好回話都忘了嗎？」

好想直接朝他臉上揍一拳，但還是忍下來，否則假期就泡湯了。我立正站好說：「我剛才沒看見少校先生。」

「皮給我繃緊一點！」他咆哮道：「您叫什麼名字？」

我回答。

他那張紅通通的肥臉依然忿忿不平。「哪個單位？」

我按規定回報。他還是不滿意。「駐紮在哪裡？」

但我開始有點不耐煩了，說：「在蘭赫馬爾克（Langemark）跟畢克斯修特（Bixschoote）之間。」

「怎麼會？」他有點驚訝。

我解釋說自己是回來休假的，一小時前才剛到。我以為他會就這樣讓我走，但我錯了。他反而更加惱怒：「所以您以為能隨隨便便把前線那套帶回來嗎？沒這種事！這邊還是有紀律的，謝天謝地啊！」

他下令：「後退二十步。前進！前進！」

我滿肚子火，但除了服從也別無他法，否則他能隨時逮捕我。我跑步後退，再往前走，在他前方六公尺處停下來做了個標準敬禮姿勢，一直到我在他後方六公尺的位置才把手放下。

他把我叫回去，用親切的口吻說這次他就從寬處理、不計較了。我站得挺拔筆直以示感謝。「解散！」他命令道。我啪嗒一聲轉身離開。

今晚就這樣毀了。一回家我就把軍服丟在角落，反正我本來就打算這麼做。我從衣櫃拿出便服換上。

我突然好不習慣穿便服。這套西裝變得又短又緊，入伍後我長高不少，領子跟領帶也喬不好，最後還是姐姐來幫我打了個領結。這套西裝穿起來好輕，彷彿只穿了裡褲跟襯衫。

我看著鏡中的自己，畫面非常古怪。有個曬得黝黑、壯碩高大、衣服緊繃，準備接受堅信禮的年輕人驚訝地望著我。

母親很高興我換上便服，這個樣子她比較熟悉。但父親希望我穿軍服，他想要我穿軍服跟他一起去見朋友。

我拒絕了。

能安安靜靜坐在某個地方真的很幸福，比方說栗子樹對面，那間離保齡球道不遠的酒館花園裡。幾片樹葉落在桌上和地上，只有幾片，是初秋的落葉。我眼前擺了一杯啤酒，我是在軍隊學會喝酒的。這杯剛好喝了一半，還剩下幾口清涼美好的啤酒，想要的話還能再點第二或第三杯。這裡不需要集合，也沒有強勢的砲火，酒館老闆的孩子在保齡球道上玩耍，小狗把頭靠在我膝上。天空湛藍，透過栗子樹葉的縫隙可見瑪格麗特教堂（Margaretenkirche）高聳的綠色塔樓。

這一切都很棒，我很喜歡。但我沒辦法融入這裡的人群。唯有我母親什麼都沒問，我爸就不同了。他希望我能多說一些前線的事，他有這個想法是滿感人的，但也很蠢。我跟他的關係早就沒那麼親密。他巴不得我能一直講前線的事。這我可以理解，他不曉得這些事是沒辦法說的。我也想滿足他的願望，但如果真的用語言把這些事表達出來，我怕話題會無限擴大，大到無法控制處理。如果徹底搞清楚前線的狀況，我們又該如何自處？

所以我只能跟他分享一些有趣、好笑的事。但他竟然問我有沒有碰過近距離肉搏戰。我說沒有，然後起身準備出門。

但出門一點幫助也沒有。我在街上被嚇了好幾次，電車發出的刺耳聲響聽起來好像榴彈呼嘯而來的聲音。突然有人拍拍我的肩。是以前的德語老師，他的問題跟其他人一樣。「前線怎麼樣啊？很可怕，是不是很可怕？對啊，一定很可怕，但一定要熬過去。而且我有聽說，那邊伙食應該還不錯。保羅啊，您看起來氣色不錯，身材很壯。這邊的糧食供應當然就沒那麼好，本來就這樣，不過這也合理。好東西當然要留給我們的士兵！」

他帶我去參加一場固定的聚會，我受到熱烈歡迎。一位校長握著我的手說：「所以您是從前線回來的吧？那邊士氣如何？應該很高昂吧？」

我解釋說其實大家都想回家。

他哈哈大笑：「這我相信！不過你們得先把法國人痛宰一頓才行！您抽菸嗎？

來，自己點一根。服務生，麻煩給這位年輕的戰士一杯啤酒。」

很可惜我接過那支雪茄，只好留下來。他們確實是一番好意，我也無法推託，但還是很懊惱，快速地大口抽菸。為了不讓自己閒下來，我一口氣把整杯啤酒灌完。他們又馬上點第二杯給我。大家都曉得自己欠士兵什麼。聊到我軍應該要併吞哪些區塊，大家爭論不休。帶著鐵錶鍊的校長要的最多：整個比利時、法國的煤礦區還有一大片俄羅斯的土地。他還舉出我們必須成功佔領這些地區的確切理由，而且堅定不移，直到其他人最後都讓步。然後他開始解釋法國的破口在哪，言談間不時轉過來看我說：「你們就繼續用那個萬年不變的陣地戰，每次向前推進一點，把那些傢伙趕出去，這樣才能和平。」

我回答說，在我們看來要突破是不太可能的，因為敵軍的儲備量很足，而且戰爭的情況實際上與大家想像的不一樣。

他傲慢地駁斥我的說法，說我什麼都不懂。「沒錯，但你說的只是局部而已。」他說：「重點在於整體，這點您也無從判斷，因為您看到的只是自己眼前的一小塊區域，所以沒辦法綜觀全局。您盡了自己的義務，也冒著生命危險，這值得最高榮譽。每一位前線的士兵都該得到鐵十字勳章。但首先要在佛蘭德斯突破敵方的防線，再從上方進行側攻。」

他搓著鬍鬚，大聲呼氣。「一定要由上而下，全面側攻，然後拿下巴黎。」

我一邊灌下第三杯啤酒，一邊想著他到底是從哪得到這些點子的。他又馬上點了一杯給我。

但我決定先走。他又往我口袋裡塞了幾根雪茄，道別時還友善地拍拍我：「一切順利！希望很快能從你們那邊聽到好消息！」

這跟想像中的假期截然不同。跟一年前的情況也不一樣，可能是我在這段期間變了。過去和當下之間出現一道裂痕。當時我還不曉得戰爭是什麼樣子，我們也駐守在比較平靜無事的區段。今天我才發現自己不知不覺變得疲憊不堪。這裡對我來說已經成了陌生的世界，完全無法融入。有些人問，有些人不問，但你還是看得出來那些不問的人以沉默為傲。他們常擺出一副體貼理解的態度，說士兵沒辦法開口談這種事。這純粹是他們自作多情的臆測。

我愛獨處，不喜歡有人打擾。問來問去，大家想知道的其實就是同一件事：情況現在有多糟？或者有多好？有的人這樣認為，其他人則有不同想法，大家總是很快聯想到跟自己存在相關的事物。我以前肯定也是用這種態度過生活，但現在已經完全無法認同。

對我來說，他們說得太多了。他們有憂慮、目標和願望，我卻無法像他們一樣理解這些事。有時候，我會和這種人坐在小酒館的花園裡，試著清楚表達我的願望就只有一個，就是像現在這樣靜靜坐著。他們當然也理解、認同，或是說自己也有同樣的感覺，但這都是說說，只是說說罷了。他們感受到了，但永遠只是半調子，因為還有另一半的心思是與其他事情牽扯在一起。他們是這樣分裂的存在，沒辦法用完整的生命去感受。連我自己也沒辦法清楚解釋這到底是怎麼一回事。

看見這種人在房間裡、在辦公室裡，或是在工作崗位上，我都會不由自主深受吸引，也想要進入那樣的生活、忘記戰爭。但這一切又會立刻讓我反胃，那裡如此窄仄，怎麼有辦法完整填滿一個生命？應該要將這個小小的空間粉碎才對。在前線，彈片從彈坑上方呼嘯而過，照明彈此起彼落，帳篷帆布架上的傷員陸續被運走，戰友則在掩護壕中躲躲藏藏——這邊卻有另一群人，一群我無法理解的人。我羨慕卻也鄙視他們。我不禁想起卡特、亞伯特、穆勒還有提亞登，不知道他們現在在做什麼？可能在食堂，也有可能在游泳，不久之後又要上前線了。

我房間書桌後方有一張棕色的皮沙發。我坐上去。

牆上四處釘了我以前從雜誌上剪下來的照片，其中有一些是我喜歡的明信片跟圖畫。房間角落有個小小的鐵暖爐，對面牆邊有座書架，上面放了我的書。

從軍之前，這就是我生活的房間。房裡所有書都是我用家教賺來的錢一本一本買來的，其中很多是舊書，比方說所有的經典名著，藍色布質精裝本，每本一馬克二十芬尼。我把一整套都買下來，因為不想錯過任何好作品，怕如果只買精選集，出版社有可能會把好作品漏掉。所以我只買所謂的「全集」。我踏踏實實、滿懷期待地把這些作品讀完，但多數都有點令人失望。我覺得其他類型的作品比較吸引我，現代一點的著作，價格當然也比較貴。其中有些書不是我自己買的，是借回來看，但因為太喜歡、捨不得還回去，一直留到現在。

書架上有一層放的是課本。這些書我沒有特別愛惜，狀態相當破舊，有幾頁還被撕掉，至於為什麼會被撕掉，原因不說大家也都曉得。最下面放了筆記本、紙張、信件、圖畫跟草稿。

我好想將思緒帶回當年。就在這個房間裡，我可以馬上感受到當時的氛圍，牆面還保留那段時光。我的雙手搭在沙發扶手上，讓身體放鬆下來、翹起腿，舒舒服服坐在角落的沙發懷抱中。房間的小窗戶是開的，窗外是熟悉的街景，街道盡頭可見教堂高聳的塔樓。書桌上有幾枝花、筆筒、鉛筆、當成紙鎮的貝殼，還有墨水瓶——這裡都沒變。

幸運的話，等我在戰爭結束回來時，這裡依然會是這個樣子。我也會坐在這裡看著自己的房間，並且等待著。

我有點激動，但我不想要這樣，因為這是不對的。我想要重回過去那種平靜但又充滿喜悅的感覺，去感受以前那種站在書本前內心猛烈、無以名狀的衝動。從色彩斑斕的書脊上吹起的願望之風，請再次席捲我，請融化我心中那個死氣沉沉的鉛塊，重新喚醒我對未來的想望、喚起我在思想世界中輕盈歡快的喜悅。請帶我找回自己失去的青春朝氣與活力。

我坐著等待。

突然想起我還得去找凱姆利希的母親，也可以順便去看一看米特史戴特，他應該在軍營裡。我往窗外看，陽光燦爛的街景後方浮現一座座山丘，輪廓模糊清淡，畫面緩緩轉化為明亮秋日的景象——我正和卡特、亞伯特坐在爐火邊，吃著帶皮烤的馬鈴薯。

但我不想要想起這些，於是趕快把畫面抹去。我的房間應該要說話，應該要抓住我、乘載著我，我想要感覺自己屬於這裡。我會好好傾聽，讓自己再次回到前線的時候能夠知道：當返家的浪潮洶湧而來時，戰爭會沉沒消逝，會徹底結束。戰爭會成為往事，不會繼續傷害我們。除了表面上的痕跡，戰爭再也無法支配、左右我們！

書脊並排而立。這些書我都還認得，也記得自己當初是怎麼歸位排列的。我用眼神向它們呼求：跟我說話……收留我、接納我……往年的生活……無憂無慮的美好生活……請重新接納我。

我等著，等著。

影像一閃而逝，但沒有停留，只成了陰影和回憶。

什麼都沒有。什麼都沒有。

我愈發不安。

一股可怕的陌生感突然從心中升起。我找不到回去的路，被排除在外。無論再怎麼努力懇求和嘗試，一切都毫無動靜。我像是被判了刑的人，傷心默然地坐在那裡，往日時光卻轉身背我而去。與此同時，我也不敢過度緬懷哀求，因為不知道這麼做究竟會面臨什麼後果。我是軍人，這點還是得堅守。

累了，我起身看向窗外，然後拿了其中一本起來翻，打算好好讀一讀。但我把書放回去，拿起另一本。裡面有些段落畫了重點。我不斷尋找、翻閱，重新拿起一本新的書。很快我身邊就擺了一整疊書，旁邊還有隨手堆在一起的紙張、筆記本和信件。

我靜靜站在書堆前，好像在等待審判。

沮喪。

詞語、詞語、詞語——怎麼樣也到不了我這邊的詞語。

我慢慢把書擺回書架上的空隙。

全都過去了。

我悄悄離開房間。

但我沒有放棄。雖然再也沒有踏進自己的房間，但我安慰自己說才剛過幾天而已，不需要這麼快下定論。之後——未來——還有幾年的時間呢。所以我到軍營去找米特史戴特，我們坐在他的房間，裡頭的空氣很難聞，但我也早就習慣了。

米特史戴特分享一則讓我非常驚訝的消息。他說坎托雷克被徵招入伍，成為後備軍人。「想像一下，」他邊說邊拿出幾支品質不錯的雪茄：「我從野戰醫院回來的路上剛好碰到他，他伸出爪子對我聒噪地說：『哎呀你看，這不是米特史戴特嗎？過得怎麼樣啊？』我瞪著他，回答說：『後備兵坎托雷克，公歸公、私歸私，這點你應該很清楚。跟上級講話請立正。』你沒看到他的表情真是太可惜了！根本是酸黃瓜跟未爆彈的結合。他又慌慌張張想要跟我拉攏關係，但是又被我痛罵一頓。最後他只好掀底牌，偷偷問我：『要不要我幫您安排參加畢業考啊？』他竟然想拐個彎暗示我。我一聽徹底被惹毛，也想提點他一下。『後備兵坎托雷克，兩年前，您鼓吹我們到區司令部登記入伍，約瑟夫．貝姆也去了，但他根本不想從軍。結果呢？他在被正式徵召前三個月就陣亡。要不是因為您，他本來可以等到那個時候再入伍的。現在先解散，以後再談。』我輕輕鬆鬆就調到他所屬的那連了，我到那邊做的第一件事，就是帶他去軍備庫找一套好看的軍服。你等一下就可以看到了。」

來到軍營操練場，整個連的士兵都已經列隊到齊。米特史戴特請他們稍息，然後一個個檢查。

這時我看見坎托雷克，差點沒笑出來。他穿了一件褪色的藍色長版軍裝，看起來好像女裝長裙。軍裝的背面和袖子上有大塊的深色補丁，這件衣服的前主人想必身材高大。對比之下，他穿的那件破舊黑色長褲反而太短，長度只到小腿肚。他腳上穿了一雙尺寸太寬、堅硬如鐵的老舊大鞋，鞋頭往上翹起，兩側還需要綁鞋帶。為了達成某種平衡，他頭上的帽子又太小，而且髒到不行，是一頂看起來慘不忍睹的圓筒狀軍帽。總之，他的樣子看起來實在可憐。

米特史戴特在他面前停下來：「後備兵坎托雷克，您的鈕扣這樣是有擦過嗎？

您好像永遠都學不會。不合格，坎托雷克，這樣不合格……。」

我在內心歡呼。以前坎托雷克在學校就是用這種方式跟語氣責備米特史戴特的：「不合格，米特史戴特，這樣不合格。」

米特史戴特繼續訓斥：「看看伯特歇，他就做得很好，您可以多跟他學學。」

我簡直不敢相信自己的眼睛。伯特歇也在，他是學校的工友，現在竟成了榜樣！坎托雷克惡狠狠地瞪了我一眼，好像要用眼神把我吃掉似的。但我只是無辜地朝他冷笑，好像根本不認識他。

穿著軍服、頭戴圓筒軍帽的他看起來好蠢！以前他姿態高傲地坐在講台上，要我們練習法文不規則動詞變化，我們竟然還怕這種人怕得要死。教課的時候他常拿鉛筆戳我們，但來到法國之後，這些練習一點屁用也沒有。不過也才短短兩年，如今坎托雷克以後備兵的身份站在這裡，已經魔力盡失，兩腳膝蓋彎曲，手臂像鍋子手柄，扣子又髒又舊，姿勢可笑，說他是士兵根本沒人會信。我實在沒辦法把他跟之前在講台上意氣風發的模樣聯想在一起。要是現在這個可憐兮兮的傢伙敢來問我這個老兵說：「鮑默，法文『走』的過去式是什麼？」真不曉得我會怎麼反應？

米特史戴特先讓大家練習散兵操練。出於一番好意，他還特別指定坎托雷克為班長。

不過，散兵操練有個特點：班長必須一直站在隊伍前方二十步左右。如果這時有人下令：「向後轉，齊步走！」隊伍裡的所有人只需要原地轉身，班長卻會站在隊伍後方二十步的位置，所以他必須迅速往前跑，才有辦法持續領先隊伍二十步。這樣加起來總共是四十步：齊步走、齊步走！誰曉得他才剛就定位，又聽到向後轉、齊步走的指令，又要馬上掉頭狂奔四十步。在這種操練方式之下，團體中的士兵只需要輕鬆轉個圈、走幾步，班長卻得像窗簾桿上的屁一樣來回衝刺。這是希姆史托斯的其中一項整人招數。

坎托雷克是不可能指望米特史戴特特別照顧他的，因為他曾經讓他留級過。要是米特史戴特在上前線前不好好把握機會，那就太蠢了。如果軍隊能給士兵這樣的機會，大家也會死得比較甘願吧。

此時此刻，坎托雷克像受驚的野豬一樣來回衝刺。過了一段時間，米特史戴特下令停止練習，接著要開始最重要的爬行訓練。坎托雷克雙膝雙肘著地，依指示握緊步槍，挪動著那引人注目的身姿從沙地上穿越，直接從我們身邊經過。他上氣不接下氣，那滂薄的喘氣聲就是最動聽的旋律。

米特史戴特用至尊導師坎托雷克的名言來安慰後備兵坎托雷克，想稍微鼓勵他：「後備兵坎托雷克，我們很幸運能生在一個偉大的時代，所以一定要堅定意志、克服萬難！」

坎托雷克滿頭大汗，把一塊跑到牙縫裡的髒木條吐出來。米特史戴特彎下腰，懇切堅定地說：「後備兵坎托雷克，千萬不要因為微不足道的小事而忘了偉大的志業！」

坎托雷克竟然沒有勃然大怒，這點我還滿意外的。在接下來的體能訓練時間，米特史戴特更是完美模仿坎托雷克的姿態跟口吻。拉單槓時，他抓著坎托雷克屁股那邊的褲腰，讓他的下巴剛好高過單槓一點點，同時還不斷訓話說教。坎托雷克以前就是這樣對他的。

之後又分配其他勤務。「坎托雷克跟伯特歇去領麵包！帶手推車去。」

幾分鐘後，兩人推著手推車出發。坎托雷克氣憤地低著頭，工友卻非常得意，因為這份工作很輕鬆。

麵包廠在城市的另一頭，他們必須一來一往穿越整座城市。

「他們負責這份工作已經好幾天了。」米特史戴特奸詐地笑著說：「很多人等著看好戲。」

「太爽了，」我說：「但他沒去告狀嗎？」

「有啊！但我們的指揮官聽了還笑到差點停不下來。他不喜歡老師，更何況我跟他女兒現在正在曖昧。」
「他肯定會用考試把你毀掉。」
「我沒差。」米特史戴特一派輕鬆地說：「他的申訴一點用也沒有，因為我可以證明他分到的勤務通常是最輕鬆的。」
「難道你偶爾不能狠狠操他一頓嗎？」我問。
「他太蠢了啦。」米特史戴特的口吻既高傲又寬宏大量。

休假到底是什麼？休假只會讓人更搖擺不定，讓往後的一切變得比原先更困難。離別時刻一步步接近。母親沉默地看著我，我很清楚她在默默倒數，每天早上她看起來都很難過。相聚的時間又少了一天。她把我的背包挪開，不想一直想起離別的事實。

沉思的時間總是過得特別快。我打起精神陪姐姐去肉舖買幾磅骨頭。那天剛好大特價，民眾一大早就大排長龍，甚至還有人排到昏倒。

我們運氣很差，輪流排了三小時之後人潮竟然散去了。骨頭賣完了。

幸虧我收到糧食配給，我把食物交給母親，這樣大家都還有一些營養的東西可吃。

日子一天比一天沉重，母親的眼神也越來越哀傷。還剩四天，我得去拜訪凱姆利希的母親。

和他母親見面的狀況難以用文字描述。這個不斷顫抖啜泣的女人搖晃著我的身體，對我大喊：「為什麼他死了，你還活著！」她的淚水將我淹沒。「你們為什麼都還活著？你們怎麼……」她跌坐在椅子裡，哭喊著：「你有看到他嗎？你後來還有看到他嗎？他怎麼死的？」

我說他是心臟中彈，當場死亡。她看著我，懷疑地說：「你說謊。我知道他死得很痛苦，我感覺得到。我有聽到他的聲音，夜裡我都感受得到他的恐懼……跟我說實話，我要知道真相。我一定要知道。」

「是真的。」我說：「我就在他旁邊，他馬上就死了。」

她低聲求我：「告訴我，一定要告訴我。我知道你這麼說是想安慰我，但你難道看不出來，我寧願聽實話也不要聽謊話，這樣反而比較痛快。我沒辦法承受這種不確定的感覺。就算事實很殘酷，也請告訴我他是怎麼死的。這總比我自己胡思亂想瞎猜還要好。」

我永遠都不會說的，就算她把我剁成肉醬也一樣。我很同情她，但也覺得她實在有點蠢。她應該看開一點，不管她知不知道，凱姆利希都永遠不會活過來。親眼看過這麼多死人之後，你會有點無法理解為什麼要為單一死者感到如此悲痛。所以我有些不耐煩地說：「他馬上就死了，完全沒受苦，表情看起來也很平靜。」

她沉默，然後緩緩開口問：「你能發誓嗎？」

「可以。」

「你有辦法對所有你覺得神聖的事物發誓？」

天啊，世界上究竟還有什麼是神聖的？對我們而言，神聖的定義總是變化無常。

「可以啊，我發誓他馬上就死了。」

「你敢發誓，如果這不是真的，你就永遠也回不來了？」

「如果他不是當場死亡，我就永遠回不來。」

誰曉得我還得發什麼樣的毒誓。不過她似乎是信了。她發出哀嘆，哭了好久。她要我描述當時的經過，我編了個故事，連自己差點都信了。

離開時她吻了我一下，還送我一張凱姆利希的照面。照片中的他穿著新兵制服，靠在圓桌邊，桌腳是用沒削樹皮的樺樹木做的。他身後掛了一張以森林為主題的油畫布景，桌上擺了一個啤酒杯。

這是我在家的最後一個晚上。大家都不說話。我早早上床睡覺，緊緊抓著枕頭，用力抱著、把頭埋進去。誰知道我以後還有沒有機會享受被羽絨被包裹的感覺啊！

母親很晚還來我房間。她以為我睡了，所以我繼續裝睡。要我們一起醒著跟彼此說話實在太難。

雖然她很不舒服，身體有時候還會縮在一起，但她幾乎坐到天亮。最後我實在忍不住，就假裝醒來。

「媽，去睡吧，這樣會感冒。」

她說：「要睡我之後有的是時間。」

我坐起身。「我不會馬上上戰場，我還要去軍營待四個禮拜受訓。搞不好到時候還能找個禮拜天回來。」

她沒說話。然後她輕聲問：「你會不會怕？」

「不會，媽。」

「我還要提醒你，小心法國女人。她們很壞。」

哎，母親，母親！對妳來說我還是個孩子，但為什麼我沒辦法把頭埋在妳懷裡痛哭呢？為什麼我一定要堅強鎮定呢？有時候我也想放聲大哭，想被好好安慰，我的年紀其實也沒有比孩子大多少，衣櫃裡還掛著小時候穿的男孩短褲。時間也才過沒多久，為什麼這一切都成了過去式？

我盡可能冷靜地說：「我們駐紮的地方沒有女人，媽媽。」

「在戰場上要小心一點啊，保羅。」

哎，母親，母親！乾脆讓我摟著妳，一起去死吧！我們只不過是可憐的小狗啊！

「會的，媽，我會小心。」

「保羅，我會每天替你禱告。」

哎，母親，母親！我們站起來離開吧，讓我們回到以前的時光，回到沒有折磨與痛苦的日子，回到只有妳跟我的地方。母親！

「或許你可以換個沒那麼危險的職位。」

「對啊，媽，我可能會被派到廚房做事。」

「就算別人要說閒話，這種職位也不能拒絕。」

「媽，我沒在管別人怎麼講。」

她嘆了一口氣，臉在黑暗中像是一道白光。

「媽，該去睡了。」

她沒回應。我站起來，把毯子蓋在她肩上。她因為疼痛而靠在我的手臂上。我扶她回房間，還陪她在房間裡待了一會兒。「媽，等我下次回來，妳身體要好起來喔。」

「好，當然，我的孩子。」

「你們不用再寄東西給我了，媽。外面伙食都很夠，糧食你們這邊還比較缺。」

這個愛我勝過一切的女人，躺在床上的樣子多麼可憐。我準備離開房間的時候她急忙說：「我有幫你買兩條裡褲，是品質很好的毛料，穿起來很暖。不要忘了一起打包。」

哎，母親，我知道妳為了這兩條裡褲，得付出多少心力排隊、奔波跟乞求！母親，母親，誰能理解我現在竟然得離開妳。除了妳，究竟還有誰有權擁有我？現在我坐在這裡，妳躺在那裡，我們有這麼多話要對彼此說，但永遠也說不出口。

「媽，晚安。」

「孩子，晚安。」

房間裡一片漆黑，時而傳來母親的呼吸聲，氣息的進出之間夾雜著時鐘的滴答聲。窗外吹著風，栗子樹沙沙作響。

經過前廳的時候我不小心被背包絆倒。明天一早就得出發，包包都打包好了。我咬著枕頭，雙手緊抓床的鐵支架。根本就不該回來。在戰場上，我冷漠無情、不抱希望。現在我再也做不到。我曾經是個士兵，現在卻只是個為自己、為母親、為淒涼無盡的一切痛苦糾結的人。

根本不該回來休假的。

08

野外軍營的營房我還記得，希姆史托斯就是在這裡調教提亞登的。但這裡的人我幾乎都不認識，一如往常，士兵來來去去、人事已非。只有少數幾個人的臉我曾見過，還依稀有些印象。

我機械式地執行勤務，晚上大多都待在軍人交誼中心，那邊放了一些雜誌，但我都不想讀。裡頭還擺了一架鋼琴，我倒是滿喜歡過去彈彈。那邊有兩位女服務生，其中一位年紀很輕。

營區四周圍了鐵絲網，如果離開交誼廳回營區的時間太晚，要出示通行證才能進去。當然，如果跟守衛搞好關係，也可以直接混進去。

我們每天都在刺柏灌木和白樺樹之間的荒地上練習連隊操練。如果沒有額外的要求，這一切其實都還可以忍受。向前跑、臥倒，士兵的呼吸將荒地上的花花草草吹得前後擺盪。身體緊貼地面時，能看見乾淨清澈的沙子是由許多微小的鵝卵石所組成，純淨到好像是實驗室做出來的，讓人忍不住想伸手往裡鑽。

不過最美的還是周圍有白樺樹圍繞的森林，森林每時每刻都在改變顏色。這個時候，樹幹是明亮的白色，粉嫩的綠葉如絲般在樹幹之間搖曳飄動。下一秒，一切會變成蛋白石的藍色調，閃爍銀色的光輝，凸顯出綠色調。這個時候，一朵雲飄過、將陽光擋住，某個區塊又突然變成深沉的黑色。這片陰影像幽靈，在蒼白的樹幹之間攀爬穿梭，飄過荒地來到遙遠的地平線。此時此刻，白樺樹幹就像節慶旗幟的白色旗杆，直挺挺立在染成金紅色的樹葉前。

我常迷失在這柔和光線與透明陰影的變化中，沉迷到有時甚至沒聽見長官的命令。獨處的時候，人會開始觀察並愛上大自然。我在這裡沒什麼人際互動，也不希望和大家有超越正常尺度的往來。大家其實對彼此都不熟悉，除了聊天打屁，還有晚上打一下「十七和四」或冒歇爾卡牌，也就沒什麼多餘的互動。

營區隔壁是個大規模的俄國戰俘營。雖然中間架了鐵絲網隔開，他們還是有辦法過來。他們大多身材魁梧、留著鬍子，但看上去卻膽小怯懦，像極了被毒打一頓的聖伯納犬。

他們溜進我們營房，在垃圾桶裡翻來找去。想像一下，他們到底能在裡面找到什麼？這邊糧食本來就很缺，伙食菜色又很差。蕪菁甘藍切成六塊之後拿去水煮；

胡蘿蔔只剩殘梗，表皮還髒兮兮的；長了黑色霉斑的馬鈴薯已經堪稱是美味佳餚；最棒的就是稀薄的米湯了，聽說裡頭還加了細碎的牛筋。不過牛筋實在切得太碎，根本撈不到。

伙食爛歸爛，大家還是會將盤裡的食物吃得乾乾淨淨。假如有人真的富足到吃不完，還是會有十個人迫不及待接過去吃完。只有湯匙撈不到的剩菜殘渣會進到垃圾桶裡，桶子裡有時候還會有一些蕪菁甘藍的皮、發霉的麵包邊或是各種髒污垃圾。

這些稀薄、骯髒的餿水就是戰俘的目標。他們貪婪地將廚餘從臭氣熏天的垃圾桶中撈出來，藏在衣服底下帶走。

如此近距離觀察敵人真是不可思議。他們的臉孔看了讓人忍不住深思，那一張張農民的老實質樸臉孔、開闊的額頭跟鼻子、寬大的嘴唇和手掌，還有濃密的頭髮。應該要讓這些人去犁田、割草或採收蘋果才對，他們看起來比弗里斯蘭的農夫更好相處。

他們翻找和乞討食物的模樣和舉動，讓人看了鼻酸。他們看起來相當虛弱，因為他們分到的食物少之又少，大概只夠不要餓死。我們自己也已經很久沒吃飽了。他們都得了痢疾，有些人會露出恐慌的神情，偷偷翻出沾了血漬的衣角給我們看。

他們的背和脖子都駝了，膝蓋也伸不直，只能稍稍抬起向下歪斜的頭、伸出手，用僅有的德文詞彙乞討。那乞討聲如同輕柔的低吟，聽起來就像溫暖的暖爐，或是老家溫馨的小房間。

有些人會踹他們，把他們踢倒，但這種人只是少數。多數人並不會傷害他們，只是從他們身邊經過。不過，有時候他們的模樣實在可憐，讓人看了反而有股無名火，有些人就會踢他們一腳。其實最讓人受不了的是他們的眼神——這兩個用拇指就能遮住的小地方，卻蘊含著極大的悲哀與不幸。

晚上他們會到營房來做交易，用自己所有的東西來換麵包。有時真的能換到，因為他們的靴子品質很好，我們的靴子很爛。他們的高筒靴皮革柔軟，像是用俄羅斯皮革做的。軍營裡有些農家子弟，他們會收到老家寄來的補給品跟糧食，所以有辦法拿東西跟俄羅斯人換靴子。一雙靴子的價格大概是兩到三條軍用麵包，或者是一條軍用麵包配一小條硬臘腸。

幾乎所有俄國人都把家當換光了。他們已經衣衫襤褸，開始用小木雕還有用彈片和銅導環做的小東西來換。雖然做這些東西要費不少心血，能換到的食物並不多，幾片麵包就差不多了。我們的農民在交易時都很鐵石心腸，也很狡猾。他們會把切片麵包或香腸湊到俄國人鼻子前面，讓他們嘴饞到臉色發白、翻白眼，這時他們就會不管三七二十一把東西拿出來換。這個時候，農民會大費周章、不疾不徐將戰利品包起來，然後拿出厚實的折疊刀，慢條斯理從自己收藏的麵包當中切下一塊，每咬一口就會配一片又硬又香的臘腸來犒賞自己。看他們這樣享受食物還真是讓人惱火，好想狠狠往他們頭上揍幾拳。他們很少施捨東西給戰俘，畢竟他們對戰俘還不是很熟悉。

我常常負責看守俄國人，黑暗中經常能看見他們移動的身影，像巨大的鳥或生病的鶴，朝鐵絲網靠近，把臉貼在上頭、手指緊緊扣在網眼上。通常會有好幾個人站在一起。他們就這樣呼吸著來自荒地與森林的風。

他們很少說話，就算說了也只是簡短幾句。他們更有人性，我甚至覺得他們比這邊的人更像兄弟。不過，這或許是因為他們覺得自己比我們更慘。總之，對他們來說，戰爭已經結束。然而，等著染上痢疾的日子也不算是好好活著吧。

負責看守俄羅斯戰俘的後備兵說他們剛開始比較有活力，有時也像往常那樣會起糾紛口角，還得動用到拳頭跟刀子才能解決。現在他們變得既遲鈍又冷漠，甚至虛弱到多數人都不再自慰了。以前就算狀況再差，幾乎整個營房的人都還是會打手槍。

他們站在鐵絲網邊，有時一個人踉蹌地走開，很快就會有另一個人補上。他們大部分都沉默不語，只有少數人會哀求想要已經抽完的菸嘴。

我看著那些黝黑的身影。他們的鬍子隨風飄動。我對他們一無所知，只曉得他們是戰俘，而這點也特別讓我震撼。他們無名無姓，清白無辜，假如我更了解他們、知道他們叫什麼名字、如何生活、有什麼期待、有哪些焦慮或憂愁，那我的震撼至少能有個目標，或許還會轉變成同情。但此時此刻，我只能從他們身上感受到眾生的痛苦、生命無可承受的憂鬱，以及人類的無情。

一道命令就足以讓這些沉默的形影成為敵人，而一道命令也有可能讓他們瞬間變成盟友。在某張桌子上，一群我們都不認識的人簽署了一份文件。就這樣，原本受到世人藐視、本該受到嚴格制裁的行為，就成了我們多年來努力追求的目標。但看著這群安靜沉默的人，看著他們孩子氣的臉孔以及耶穌使徒般的鬍鬚，誰還有辦法分辨他們是敵是友？對新兵或學生來說，任何一位軍官或資深教師看起來都比他們更像可怕的敵人。不過，我們還是得朝他們開槍；假如他們重獲自由，也會向我們開槍。

我好害怕，不敢再想了。這條路指向深淵，現在還不是時候，不過我不想就這樣放掉這個念頭。我要把這個想法留著，好好鎖在心中，直到戰爭結束。我的心怦怦跳：難道這就是我在戰壕中所想的人生目標嗎？那偉大、獨一無二的人生目標？這就是經歷人類大浩劫之後，我所尋求的生存意義？這就是未來人生的使命嗎？就算要先度過那段恐怖的歲月也在所不惜、值得追求的使命？

我掏出香菸，每根都折成兩半分給俄國人。他們向我鞠躬、點菸。現在，有些人的臉上閃著紅色的亮點。這個畫面讓我欣慰，好像是漆黑農村房屋的小窗，每扇小窗後面都是庇護的所在。

日子一天天過去。在一個霧茫茫的清晨，又有一名俄國人下葬了。每天幾乎都會有幾個人死去。那人下葬的時候正好輪到我看守，戰俘一起合唱聖歌，他們分成不同聲部，聽起來幾乎不像人聲，反倒像是一架矗立在遠方荒野上的風琴。

下葬儀式很快就結束。

到了傍晚，他們又站在鐵絲網旁，風從白樺樹林吹來，滿天星星給人一種冰涼的感覺。

我認識幾個德文說得不錯的俄國人，其中還有一位是音樂家，他說他在柏林的時候是小提琴手。聽到我說我會彈鋼琴，他就把小提琴拿來，馬上拉了起來。其他人席地而坐，背靠著鐵絲網。他站著拉琴、閉上眼睛，時不時會露出小提琴手那種渾然忘我的神情，然後又隨著節奏擺動樂器、對我微笑。

他一定是在拉民謠，因為其他人都跟著旋律哼唱。他們彷彿是黑暗的山丘，從地底深處發出低吟。小提琴的聲音疊在人聲之上，彷彿一位窈窕的女子站在山頂，音調明亮而孤獨。齊聲吟唱的聲音停了下來，小提琴則繼續演奏，琴音在夜色中顯得單薄，彷彿快要凍僵似的，大夥得緊緊站在提琴手旁邊才聽得見。如果是在室內聽可能會好一些——在外頭，琴音孤單地四處遊蕩，聽來引人感傷。

因為才剛放過長假，週日就沒得休了。所以在我離開前的最後一個星期天，父親和大姐來看我。我們在交誼廳待了一整天。不然還能去哪？我們也不想到營房去。中午的時候，我們到荒地上散步。

這幾個小時真難熬，我們根本不曉得該聊什麼，索性說起母親的病情。她確定罹患癌症，目前正在住院，馬上就要動手術。醫生希望她能好起來，但我們從沒聽說過成功治癒癌症的案例。

「她在哪間醫院？」我問。

「路易斯醫院。」父親說。

「是住哪一種病房？」

「三等病房。要先看看手術要花多少錢。她自己說要住三等病房，她覺得這樣有人陪、可以聊天，也比較省錢。」

「跟這麼多人同一個病房，如果晚上睡得著那就還好。」父親點點頭。他一臉疲憊。母親經常生病，只有在逼不得已的情況下才會去醫院，但這還是花了全家不少錢，父親這一輩子都忙著籌措醫藥費。

「要是能知道手術費要多少就好了。」他說。

「你們沒問嗎？」

「沒有直接問，這種事也不好開口問，要是讓醫生不爽就慘了，你媽的手術還得靠他。」

是啊，我心酸地想，我們就是這樣，窮人就是如此。只會自己在那邊操心，卻不敢問價錢。其他不需要先問價錢的人，卻覺得事先談好價錢是理所當然的，而且醫生也不會擺臉色給他們看。

「手術完的包紮也是一筆開銷。」父親說。

「醫療保險不會給付嗎？」我問。

「你媽病太久了。」

「你們還有錢嗎？」

他搖頭。「沒有，不過我可以加班。」

我知道他又要在桌邊站到半夜十二點，不斷折疊、黏合、裁剪。晚上八點，他會吃一些用糧票換來、沒什麼營養的東西，然後再吞一些藥粉止住頭痛，繼續勞動。

為了讓他心情不要那麼沉重，我講一些剛剛想起來的故事給他聽，大概就是一些阿兵哥之間的笑話，或是將軍和士官被捉弄的故事。

之後我送他們去火車站，他們拿了一罐果醬和母親特地做的薯餅給我。

他們上車離開之後，我也回到軍營。

傍晚，我抹了一些果醬在薯餅上吃。味道不是很好，所以我打算把薯餅拿去給俄國人。但又突然想到這是母親專程為我煎的，她搞不好還得忍痛站在火爐旁。我把整包薯餅放回背包，只拿了兩塊去給俄國人。

09

上路幾天了，空中出現第一架飛機。幾輛軍用運輸列車與我們錯身而過，車上載滿各式大炮。接著我們改搭輕軌列車。我在找自己所屬的軍團，但沒人知道在哪裡，總之我到某處過夜，早上到某個地方領口糧、接到一些模糊的指示，然後又背著背包和步槍繼續趕路。

抵達時，被炮彈炸得滿目瘡痍的地方已經沒有半個我方陣營的人影。有人說我們這連成了機動部隊，哪裡戰況緊張就往哪裡去。我聽了實在高興不起來，據說我方傷亡慘重。我到處打聽卡特和亞伯特的消息，但沒人知道他們在哪。

我繼續找，四處遊蕩，這種感覺很奇妙。接連一夜又一夜，我跟印地安人一樣露宿野外，然後就接到確切的指令說下午能去辦公室報到。

中士把我留在那邊。連隊兩天之後就會回來，沒必要再派我出去了。「休假還好嗎？」他問：「應該還不錯吧？」

「有好有壞啦。」我說。

「也是。」他嘆了一口氣說：「如果不用再回來就好了。假期後半段都會被這個原因給搞砸。」

我就在這邊消磨時間，一大清早我們這連終於回來了，大家全身髒兮兮，還一臉沮喪。我跳起來擠進人群中尋找，看見提亞登了，穆勒在擤鼻涕，卡特跟克洛普也在。大家將草袋床墊排在一旁。看著他們，我心裡有一股罪惡感，但我其實沒什麼好愧疚的。睡覺前我把剩下的薯餅和果醬拿出來跟他們分著吃。

最外面的兩塊薯餅有點發霉，但還可以吃。發霉的餅我自己吃，比較新鮮的給卡特和克洛普。

卡特一邊嚼一邊問：「應該是媽媽做的？」

我點頭。

「好好哦，」他說：「真的有媽媽的味道。」

我差點要哭出來，也不曉得到底是怎麼回事。但一切都會好起來的，只要能跟卡特、亞伯特還有其他人在一起，會變好的。這裡才是我的歸屬。

「你運氣很好。」克洛普在我快睡著的時候低聲說：「聽說要去俄羅斯。」

去俄羅斯，那邊已經沒有戰爭。

遠處還是能聽見前線的炮火聲。軍營的牆壁嘎嘎作響。

徹底大掃除。上級陸續下令，要我們認真打掃，每個地方都要接受檢查。所有破損毀壞的物品都要換新。我拿到一件新的長袍，卡特則是全套裝備都換新。有人說和平的那天就要來了，但另一種說法比較可信：我們要到俄羅斯去了。但為什麼去俄羅斯要換更棒的裝備呢？真相終於水落石出：皇帝要來視察，這一連串大陣仗的檢查工程都是為了他。

接連八天簡直就像在新兵訓練營，新兵就是這樣工作操練的。每個人都很焦躁不耐，沒有人喜歡這種過度的清潔工作，閱兵操練大家也做得很不情願。比起在戰壕裡備戰，這些事情更讓士兵惱怒。

重要時刻終於來了。皇帝駕到，我們立正站好。大家都很好奇他到底長什麼樣子。他莊嚴隆重地走在隊伍前方，我看了卻有些失望。根據照片的印象，他應該更高大威武，聲音也該更宏亮有力才對。

他頒發鐵十字架勳章，和這個人說幾句，又和那個人說幾句，我們就退下了。

後來聊到這件事，提亞登驚訝地說：「原來這就是地位最高的人。在他面前，所有人都要立正站好，沒有例外！」他想了一下：「連興登堡也要站得直挺挺的，對吧？」

「對啊。」卡特肯定地說。

提亞登還沒說完。他想了一會兒，問：「連國王看到皇帝也要立正嗎？」

這就沒人曉得，但我們都認為不需要。他們地位都這麼高了，應該不需要挺直腰桿立正站好吧。

「幹嘛在這邊想這些有的沒的。」卡特說：「重點是你要立正站好。」

提亞登對這個話題非常著迷，他那原本非常枯燥的想像力現在都活過來了。

「欸你們想想看。」他說：「堂堂一個皇帝居然也跟我一樣要上廁所，你們有辦法想像嗎？」

「還用說嗎？當然要啊。」克洛普笑說。

「到底是在發什麼瘋？」卡特說：「你腦袋有洞啊，提亞登。趕快去上廁所，好好清醒清醒，不要在這邊像個小嬰兒一樣亂講話。」

提亞登馬上消失。

「但有件事我還是想問。」亞伯特說：「如果皇帝反對的話，戰爭還會開打嗎？」

「肯定還是會，我覺得。」我插話：「聽說他根本就不想打。」

「好吧，那如果不是只有他不想，而是世界上大概有二、三十個人說不，應該就不會打了吧。」

「應該是。」我承認：「但他們偏偏想要。」

「仔細想想，這其實很怪。」克洛普接著說：「我們在這裡是要保家衛國，法國人上戰場也是想要保衛祖國，那到底誰才是對的？」

「或許兩邊都對吧。」雖然這麼說，但連我自己都不信。

「好吧，不過，」亞伯特說，看來他想要把我問到無言以對了。「老師、牧師還有報紙都說我們才是對的，我希望這是事實。但法國那邊的老師、教授跟報紙一定也都說他們才是對的。那這樣到底誰才是對的？」

「我不知道。」我說：「總之戰爭就開打了，而且參戰的國家每個月都在增加。」

提亞登又出現。他還是很興奮，馬上加入對話，問起戰爭究竟是怎麼開始的。

「通常都是有一個國家嚴重侵犯另一個國家。」亞伯特帶著某種優越感回答。但提亞登不以為然。「國家？我不懂欸，德國的一座山又不會侵犯到法國的一座山。河流、森林還有麥田也都不會啊。」

「你是在裝傻還是真有這麼笨？」克洛普不耐煩地說：「我不是這個意思，我是說一個民族冒犯另一個民族。」

「那我根本沒必要在這裡吧。」提亞登反駁說：「我不覺得自己有被冒犯到。」

「你很難溝通欸。」亞伯特生氣地說：「反正這件事跟你這個鄉巴佬沒關係。」

「那我可以包包收一收回家了啊。」提亞登堅持地說，大家都笑了。

「唉，天啊，民族是一個集體概念，也就是說一個國家。」穆勒嚷嚷著說。

「國家，國家……」提亞登狡猾地彈了彈手指說：「憲兵、警察、稅收，那是你們的國家。你們想要這種國家的話，請便。」

「沒錯。」卡特說：「你還真難得講話這麼有道理，提亞登。國家跟故鄉確實不同。」

「但它們是綁在一起的。」克洛普沉思地說：「沒有國家，就沒有故鄉啊。」

「是沒錯，但仔細想想，我們都是最一般的普通人。而在法國，多數人也只是勞工、手工藝師傅，或是小公務員。為什麼法國的鎖匠或鞋匠要攻擊我們？沒有，他們根本不想要，而是政府要他們這麼做。上前線以前，我從沒見過法國人，大多數法國士兵可能也沒見過德國人。但是都沒有人問過我們的意見。」

「那到底為什麼會有戰爭？」提亞登問。

卡特聳聳肩。「一定有人能從戰爭中撈到什麼好處。」

「那絕對不是我。」提亞登露出奸詐的笑容。

「不是你，這裡的人也沒有。」

「那到底是誰？」提亞登堅持要問：「皇帝應該也沒有得到好處吧，都已經要什麼有什麼了。」

「那很難說。」卡特回答：「他到現在還沒打過仗呢。每個偉大的皇帝至少都要打過一場仗，才有辦法名留青史啊。回去翻你以前的教科書就知道了。」

「將軍也會因為戰爭而變有名。」迪特林說。

「搞不好還比皇帝更出名。」卡特篤定地說。

「八成是有其他想靠戰爭撈一筆的人在那邊煽風點火。」迪特林嘟噥著。

「我覺得這就像發燒。」亞伯特說：「沒有人真心想要戰爭，但突然間就打起來了。我們不想要戰爭，其他人應該也不想要，但幾乎半個世界都陷入戰局。」

「但那邊撒的謊比我們還多。」我反駁道：「你想想看，那些戰俘身上的傳單都說我們會吃比利時的小孩。寫這種東西的人就該被吊死，他們才是真正的罪魁禍首。」

穆勒站起來。「說到底，在這裡打仗總比在德國境內打還要好，你看那些可怕的彈坑！」

「對啊。」提亞登也附和著：「不過最好還是不要有戰爭。」

他得意洋洋地走掉，因為他總算成功對我們說教了。在這裡，他的觀點其實很典型。這種說法很普遍，也無從反駁，因為抱持這種想法的人已經不願去理解其他因果關係。軍人之所以有民族意識，是因為身在前線。但軍人的民族意識也就僅止於此，其他一切都只會從實際層面去思考，或是從個人經驗來判斷。

亞伯特生氣地躺在草地上。「最好還是不要聊這種沒意義的事。」

「聊了也不能改變什麼。」卡特附和道。

更沒意義的是我們必須交還所有新發的衣物，把破爛的舊東西領回來。好東西只是為了閱兵時拿來做做樣子的。

我們沒去俄國，反而上了前線。途中經過一片淒慘的森林，樹幹斷裂，地面坑坑疤疤，有些地方還有好幾個可怕的大洞。「天啊，這邊也被轟炸得太慘了吧！」我對卡特說。

「是迫擊砲。」他回答，然後指著上方。樹枝上掛著死屍，一名赤裸的士兵掛在樹杈上。他全身赤裸，只剩頭盔在戴在頭上。樹上只見他的上半身，下肢已經消失。

「到底發生什麼事？」我問。

「迫擊炮的氣流把他從衣服裡面擠出來了。」提亞登在一旁嘀咕說。

卡特說：「這真的很怪，我們已經碰過好幾次。迫擊炮爆炸時人的衣服都會被炸掉。是氣流造成的。」

我繼續找。應該是這樣沒錯。有些制服的碎片還孤零零掛在樹上，其他地方還黏著血肉模糊的肉體殘骸。有具屍體躺在那裡，只有一條腿上還掛著一塊內褲碎片，脖子上還有軍服的衣領，此外其他部位一絲不掛，制服散佈在四周的樹梢上。屍體的兩條手臂消失了，看起來像是被扭斷的。我在二十步遠的樹叢裡面找到其中一條手臂。

死者正面朝下，手臂斷裂處的泥土被血染黑。他腳下的樹葉被踩蹂得亂七八糟，彷彿曾經掙扎過。

「不是鬧著玩的，卡特。」我說。

「肚子裡有彈片也不是鬧著玩的。」他聳聳肩說。

「絕對不能軟弱。」提亞登說。

這個慘狀應該才剛發生不久，血跡還很新鮮。由於找到的人都已經死了，我們決定趕快離開這裡，到鄰近的急救站通報。說到底，抬擔架是救護兵的工作，不是我們的責任。

為了確認敵方陣營的位置和規模，我方必須派出一支偵察部隊。因為早先休過假，我心裡對大家懷抱著某種難以言喻的感覺，所以自告奮勇參加偵察行動。我們商討行動計畫，打算偷偷穿過鐵絲網，然後分頭一個接一個匍匐前進。過了一會，我找到一個平坦的彈坑，讓自己往下滑進去之後，從這裡窺探外頭的情況。

這個區域配有中等火力的機關槍，從四面八方掃射而來，雖然不算猛烈，但也已經讓人無法站起身。

一顆照明彈在空中炸開，整個地表凍結在慘白的光線之下，然後黑暗再度籠罩一切，比先前更加黑暗。我剛才在戰壕裡聽說前方有黑人部隊，那還真是不妙，因為在黑暗中根本看不清楚他們，而且作為偵察兵的他們又經驗老道。但奇怪的是他們有時也不怎麼機靈。不只是卡特，克洛普也有射擊過敵方黑人偵察兵的經驗，那些人在路上菸癮犯了，忍不住抽起菸來。卡特和亞伯特只要瞄準發光的菸頭就行了。

一枚小型榴彈在我身旁不遠處爆炸。我沒聽見它往我這個方向飛來，嚇了一大跳。同時，我內心湧起一股莫名的恐懼。自己一個人在彈坑中，在黑暗裡手足無措，搞不好另一個彈坑裡已經有一對眼睛盯著我看、觀察我好久，隨時準備丟出手中的手榴彈把我炸成碎片。我努力振作。我之前就有偵察的經驗，這次出來也不算特別危險。但這是休假後第一次出任務，而且這一帶我根本不熟。

我告訴自己無需驚慌，搞不好根本沒有人在暗處埋伏，否則射擊高度不會這麼低。

可惜這根本於事無補。混亂之中，各種念頭在我腦中亂竄，我聽到母親叮嚀的聲音，看見俄國人靠在鐵絲網上、鬍子隨風飄搖，還想像擺了沙發的食堂以及瓦朗謝訥（Valenciennes）的電影院，多麼明亮美好的意象。在令人痛苦恐懼的幻覺中，我看見灰暗、無情的機關槍。不管把頭轉到什麼方向，槍口始終悄然無聲地埋伏、瞄準著我。每個毛孔都在冒汗。

我繼續趴在彈坑中。我看了看錶，只過了幾分鐘。額頭滿是汗水，眼眶也濕答答的，雙手在顫抖，還輕聲喘著氣。這無疑是嚴重的恐慌症發作，我跟一條害怕的狗一樣，縮著頭不敢繼續匍匐前進。

恐懼逐漸軟化，像稀飯軟趴趴的，整個人只想趴著不動。四肢黏在地板上，雖然試著想移動身體，但只是徒勞。身體緊緊壓在土地上，我根本無法前進，所以決定繼續趴著。

但在下一秒，又有一股浪潮向我襲來，羞愧和懊悔湧上心頭，其中還交雜著安全感。我稍微抬起上半身，轉頭留意四周。我的雙眼刺痛灼熱，於是乎盯著黑暗不放。一顆照明彈升起，我又趴下去。

我在打一場意義不明的混戰，我想爬出彈坑，但是又一再滑進去。我說：「你必須出去，這是為了戰友，不是為了什麼愚蠢的命令。」接著我又想：「那又跟我有什麼關係呢？這條命丟了就什麼都沒了……。」

這就是休假的後遺症，我惱羞地替自己找藉口，但又無法成功說服自己，只覺得全身軟弱無力。我慢慢挺起身，雙手向前伸、打直腰背，終於讓上半身趴在彈坑邊緣。

這時我聽見一陣聲響，嚇得縮回彈坑。雖然砲聲隆隆，這可疑的聲音還是非常清晰。我仔細聽，聲音是從背後傳來。那是我方的人在戰壕中走動的聲音。現在我還能聽見低沉的人聲，好像是卡特說話的聲音。

一股強大的暖流在我體內流竄。這些說話的嗓音以及隻字片語，還有戰壕裡的腳步聲，馬上就將我從死亡的恐懼以及可怕的孤獨感中拉出來，否則我差點就要掉進無底深淵了。這些聲音比生命更可貴，比母愛和恐懼更重要，也是世界上最強大、最能給人安全感的力量：那就是戰友的聲音。

我不再是黑暗中瑟瑟發抖、孤零零的存在，我屬於他們，他們也屬於我。我們擁有同樣的恐懼和同樣的生命，並以一種簡單卻又沉重的方式和彼此牽連。這些聲音拯救了我，並且會繼續與我相依，我好想把臉一頭埋進去，緊緊貼著。

我小心翼翼溜出彈坑邊緣，像蛇向前蠕動，接著用四肢撐地前進，一切還算順利。我觀察方向，環顧四周，並且記住炮火的方位，以便等一下沿著對的路回去。然後我想辦法跟其他夥伴取得聯繫。

我還是怕，但這種害怕很合理，是一種格外警覺的狀態。夜裡風很大，在炮彈發射的閃光中能看見影子來回晃動，透過這點光線能看到的實在太少，但也太多。我常常凝神注視，但總是什麼都看不見。所以我前進了很長一段距離，然後又繞了一圈回來。完全沒碰到我們這邊的人。每接近我軍戰壕一公尺，我就又多了一點信心，但也越來越焦躁。要是又錯過回去的機會就完了。

我又被新一波恐懼淹沒。我沒辦法準確辨認方位，只能靜靜蹲在彈坑中，試圖確定方向。以前就有人興高采烈跳進戰壕中，卻發現跳錯了，這種事還發生不只一次。

過了一會，我又仔細聽。還是沒有找到方向。迷宮般的彈坑讓我不知該如何是好，緊張之中根本不知道該往哪個方向轉。搞不好我現在正往跟戰壕平行的方向爬，那這樣可得爬個沒完沒了。所以我又轉了方向。

可惡的照明彈！好像已經在空中亮了一個小時，讓人無法動彈。亂動的話馬上會有炮彈往自己這邊飛來。

這樣下去也不是辦法，我還是得逃出去。我像螃蟹一樣斷斷續續往前爬，鋒利的彈片像刮鬍刀一樣劃傷我的雙手。有時我覺得地平線上的天空好像又亮了一些，但也可能只是錯覺。後來，我漸漸意識到自己是為了存活而爬。

一枚榴彈爆炸了，緊接著是第二枚。然後就開始了，炮火四起，機關槍瘋狂掃射。現在除了留在原地什麼也不能做。看來敵軍已經展開進攻，照明彈接連升起，毫不間斷。

我彎腰縮在一個大彈坑中，腿泡在深及腹部的水裡。進攻開始的時候，我要在不至於窒息的情況下盡可能沉到水裡。我要把臉埋在污泥裡面裝死。

突然，我聽見炮火往我這個方向襲來，馬上滑入水裡，頭盔罩住後頸，嘴巴稍微高於水面、剛好能吸到氣。

我動也不動縮在那裡。某個地方傳來　噹的聲響，還越來越近、越來越近，每根神經都繃了起來。那個聲音從上方經過，第一支部隊過去了。我腦中只彈出一個念頭：萬一有人跳進彈坑該怎麼辦？我趕緊拔出小刀、牢牢抓著，連著手一起藏在污泥中。如果有人跳進來，我會馬上舉刀攻擊。要是對方用槍襲擊我的頭部，我會馬上割斷他的喉嚨，免得他大聲求救。沒別的辦法了，對方肯定跟我一樣害怕，我們都會因為恐懼而向對方出手，我得先下手為強。

我方的大炮也開火了，一枚炮彈在我附近爆炸。差點被自己的炮彈打中，這讓我氣得發瘋。我一邊罵髒話，一邊鑽進污泥。憤怒的情緒發洩完之後，也只剩哀求和嘆息。

榴彈爆炸聲穿透耳膜。我方如果能夠反擊，我就解脫了。我把頭緊貼在地上，聽著遠方如同礦坑爆破般的低沉炮彈聲，再抬頭辨識上空交火的聲響。

機關槍噠噠作響。我知道我們的鐵絲網很堅固，幾乎完好無損，其中有些還接了高壓電流。炮火越來越強勁，他們無法穿越，只能回頭。

我緊張到極點，再次往下沉。我聽見東西碰撞的嘎吱聲，還有爬行與摩擦的窸窣聲。還有一聲淒厲的慘叫。敵方重彈，進攻應該是被擋下來了。

天色稍涼。匆忙的腳步聲從我身邊經過。第一批過去了，接著又過去另一批。機關槍毫不間斷的噠噠聲串成一條鏈子。就在我想要轉身的那個瞬間，傳來一陣沉重的撞擊聲，有人重重摔進彈坑中，滑倒，壓在我身上。

我想都沒想，完全沒有思考，就迅速刺了他一刀，感覺他的身體抽了一下就癱軟下去。等我回過神，才發現自己的手又黏又濕。

他在喘氣。在我聽來，那喘氣聲好像在咆哮，每次呼吸都像在怒吼，如同雷鳴——但那只不過是我血管的脈動。我想摀住他的嘴、拿土往裡面塞，再補一刀讓他安靜下來，否則敵方就會發現我的位置。但我的意識已經清醒過來，而且身體突然變得非常虛弱，沒辦法舉刀攻擊。

我爬到最遠的角落，待在那邊，繼續緊盯著他，手緊緊握著刀子，準備在他動時再次出手。不過光是聽他的喘息聲，就知道他不可能再有任何動作。

我沒辦法清楚看見他。我只有一個願望，就是趕快逃走，如果不快點逃，天色就會太亮。現在天還沒全亮，行動就已經很困難。當我試著將頭伸出彈坑，就知道現在根本走不了。機關槍火力密密麻麻，搞不好整個人還沒跳出彈坑就已經千瘡百孔。

我又用頭盔試了一次。我試著把頭盔往上推一點，來判斷機關槍子彈的高度。

沒過多久，頭盔就被子彈打掉。所以這個範圍的炮火高度非常低，我離敵方的位置又不算遠，恐怕沒辦法在逃脫時躲過狙擊手攻擊。

天色越來越亮。我心急如焚等待我方進攻。我緊握拳頭，握到指關節都發白，於是將兩手疊在一起，哀求炮火趕快停止，祈求戰友趕快過來。

時間一分一秒過去。我不敢直視彈坑中那個黑暗的身影。我吃力地將眼神往那個方向瞥過去，然後等著、等著。子彈呼嘯而過，像一張堅固的金屬網，怎麼樣都沒有要停，完全不停。

然後我看見自己血淋淋的手，突然一陣噁心，抓了一把泥土抹在皮膚上。至少手現在只是髒，看不見血跡。

炮火沒有減弱，雙方攻勢同樣猛烈，大家或許早就覺得我回不去了。

隔天一早光線明亮，天空卻灰矇矇的。喘氣的聲音還沒停，我摀住耳朵，沒多久又把手指鬆開，否則會聽不到其他聲音。

對面的形體稍有動靜，我嚇了一跳，不由自主往那個方向看去。我的眼神緊緊黏在他身上，躺在那裡的是一個留著小鬍子的男人。他的頭垂向一邊，一隻手臂半彎，頭無力地枕在上面。另一隻手橫在胸前，胸口還在流血。

他死了，我對自己說。他肯定是死了，已經沒有任何知覺，在那邊喘氣的只是肉體而已。但他試圖把頭抬起來，喘息聲越來越強烈，額頭又垂在手臂上。男人還沒死，他快要死了，但還沒死。我往他的方向移動，停頓了一下，用手臂撐著再往前滑。等待，往前，等待，再往前，短短三公尺的距離實在長得令人毛骨悚然。終於滑到他身邊。

他睜開眼睛，想必是因為聽到我的聲音。他一臉驚恐看著我，身體雖然動也不動，眼神卻展現強烈的逃亡意志。有那麼一瞬間，我相信那雙眼睛有能力帶著身體一起逃開。只要一個動作，就能逃數百公里遠。身體完全靜止，一點動靜也沒有，完全沒有聲音，喘息聲也停了下來。但他透過眼神尖叫、咆哮，生命力全集結在眼睛裡，凝聚成一股大到不可思議的渴望，渴望逃亡掙脫，同時也展現對死亡和對我的極度恐懼。

我彎下身，手肘撐地，喃喃說：「不行……不行……」

那對眼睛依然看著我。只要他還盯著我看，我就無法動彈。

然後，他的手慢慢從胸前滑落，只是稍稍掉落一些，幾公分而已，但這個動作削弱了眼睛的力量。我傾身向前，搖搖逃，低聲說：「不、不、不。」我拉起他的一隻手，讓他知道我想幫他，然後摸摸他的額頭。

手伸過去的時候，他的眼神退縮了一下，不像剛才那樣直愣愣地盯著我看，眼睫毛也垂了下來，緊繃的情緒稍微緩解。我打開他的衣領，讓他的頭能躺得更舒服。

他的嘴半開，掙扎著想說話。那對嘴唇好乾燥。我的水瓶剛好不在身邊，但是彈坑底部有泥巴水。我爬到下面，拿出手帕，將手帕攤開之後往下壓，用手心舀起滲到手帕裡的黃色泥水。

他將泥水喝下，我又回去取了一些。然後我將他的軍服解開，想盡可能幫他包紮傷口。我無論如何都得這麼做，這樣如果敵軍抓到我，看見我想要幫他，才不會向我開槍。他試圖抵抗，但手已經沒有力氣。他的襯衫黏在身上，扣子又在後方，所以沒辦法從兩側解開。除了把衣服剪開，現在別無他法。

我又找到那把隨身小刀。準備要割開他的軍服時，他又睜開眼睛，眼神裡再度充滿尖叫以及瘋狂的神情。我只好遮住他的眼睛，用力把眼皮闔上，輕聲說：「我是要幫你，夥伴、夥伴、夥伴。」我急忙重複這個詞，好讓他明白。

他被刺了三刀。我用包紮敷料蓋住傷口，血流個不停，我用力按壓傷口，他發出呻吟。

我能做的也只有這些，現在只能等待、等待。

真是漫長的幾個小時，喘息聲又回來了，人死的過程可真緩慢！我知道他已經沒救了。雖然我還試著說服自己說他可能有機會，但是到了中午，這個念頭就在他的呻吟聲中徹底消融、粉碎瓦解。要是我沒有在爬行的時候把左輪手槍搞丟，現在絕對會一槍讓他解脫。沒辦法再拿刀刺他了。

到了中午，我意識昏沉，幾乎無法思考。飢餓折磨著我，我想吃東西想到差點哭出來，但就是抵抗不了飢餓。我又幫快死的男人舀了幾次水，自己也喝了幾口。

他是我親手殺死的第一個人，我清楚看著他在我面前死去，他的死亡是我一手造就。卡特和克洛普還有穆勒也看過自己的子彈擊中某人的樣子。這種場景很多人都經歷過，在肉搏戰中也經常發生。

但他每一次呼吸都扎在我心上。這個垂死的人有好幾個小時可以這麼做，他能用一把隱形的刀刺殺我，那把刀就是時間和我腦中的意念。

如果能讓他活下去，我願意承擔一切代價。躺在那裡看著他、聽他的聲音，實在讓人難受。

下午三點，他死了。

我鬆了一口氣，但這種感覺一下就消失。寂靜很快就比呻吟聲還要難受。我希望能再次聽見喘息聲，時斷時續、聲音嘶啞，有時候像口哨那樣輕盈，有時候又沙啞嘹亮。

不管我做什麼其實都沒意義，但總得找點事做。我讓死者再次躺在地上，讓他躺得更舒服一點，雖然他早就沒知覺。我將他的眼睛闔上。他的瞳孔是棕色的，頭髮則是黑色，兩側有點捲曲。

小鬍子底下的嘴巴飽滿而柔和，鼻梁像鷹鉤鼻那樣彎曲，皮膚黝黑，不像死前那樣蒼白。有那麼一瞬間，他的臉看起來幾乎像個健康的活人，然後突然衰頹成某張陌生的死人臉孔。這種臉孔我常常看到，每張臉都一樣。

他的妻子現在一定在想他。她不曉得發生了什麼事。他看起來應該是常常寫信給妻子，而她也會收到他的信。或許明天、一個星期之後，搞不好在一個月之後，還會有一封延誤的信送到她手上。她會讀信，而他會在信中對她說話。

我的腦袋越來越混亂，根本無法控制思緒。他妻子會是什麼樣子？會和運河對岸那位黝黑苗條的女子一樣嗎？她不是屬於我的嗎？也許經過這件事，她就會變成我的了！如果坎托雷克現在坐在我身邊就好了！要是母親看見我現在這個模樣。假如我能清楚記得回去我方陣營的路，這個死人肯定還能再活三十年。如果他當時往左側移動兩公尺，現在就會在那邊的戰壕寫信給妻子。

不能再想下去了，這是所有人的命運。當時，要是凱姆利希能把腿往右邊多移十公分；要是海伊能夠多往前彎五公分……。

寂靜持續蔓延。我自言自語，不出點聲音不行。於是我開始對他說話：「夥伴，我其實不想殺你。如果剛才的情況重來，只要你跳進來的時候頭腦還算清醒，我是不會拿刀刺你的。但是在剛才之前，你對我來說只是腦中的一個念頭，一個存在我腦中、讓我做這個決定的意念，而我刺死的是這個意念。現在我才意識到你跟我一樣是人。但我剛才想的只有你身上的手榴彈、刺刀跟武器。現在我才看見你妻子、你的臉孔，還有我們兩個的共通點。原諒我吧，夥伴！我們總是太晚才看清楚事實。為什麼沒有人告訴我，你們和我們一樣都是可憐蟲？你們的母親和我們的母親一樣害怕，我們也都同樣怕死。我們都會死亡，也一樣感到痛苦。夥伴，原諒我，你怎麼會是我的敵人呢？要是能把武器和這身軍服丟掉，我們可以是好兄弟，就像卡特還有亞伯特。夥伴，我把二十年的壽命給你，站起來吧——想要的話，還可以多拿一些，因為我也不曉得這輩子該怎麼活了。」

好安靜。除了步槍的聲響，前線一片寂靜。子彈發射密集，而且還不是胡亂射擊，而是從四面八方精確瞄準才開槍的。我根本出不去。

「我想寫信給你妻子。」我趕忙對死者說：「我要寫信給她，我想親口告訴她這個消息，我想把我跟你說的話都告訴她。我不會讓她受苦的，我會幫助她，還有你的父母跟孩子。」

他的軍服依然是半開的，一下子就找到他的皮夾。到底要不要打開？我還是很猶豫。裡面有一本寫了他名字的小冊子。只要不知道他的姓名，或許我就可以忘記他，讓時間沖淡這段回憶、抹去這幅景象。他的名字如同釘子，深深釘在我心上，永遠無法拔除。名字有能力反覆喚醒這一切，不斷在我眼前上演。

我握著手中的皮夾，依然遲疑。皮夾從手中掉落、敞開，幾張照片和信件從裡頭掉出來。我將它們撿起來，想放回去。但此時我所承受的壓力、無助未知的處境，加上飢餓、危險，還有與死人共處的這幾個小時，都讓我深感絕望。好想趕快解脫，讓煎熬與痛苦放大之後馬上結束，就像用已經痛到不行的手去用力捶樹，怎麼樣都不在乎了。

那是一張窄幅的業餘攝影照，照片裡有一堵爬滿常春藤的牆，前方站了一個女人和一個小女孩。照片旁邊還有幾封信，我拿出來嘗試閱讀。大部分內容我都看不懂，我只會一點法語，要讀信還是太困難。但我有辦法翻譯的每個字都像子彈打在我胸口，像刀子往胸口刺進去那樣。

我的大腦受到太多刺激，但至少還知道我們不能寫信給這些人，所以剛才的念頭都是白想的。不可能。我又看了看照片，他們不是什麼有錢人。假如我以後賺了錢，可以匿名寄錢給他們。我心裡堅守這個信念，至少這是個小小的支柱。這個死人跟我的生命相連，所以我必須盡一切可能去做、去承諾，這樣才有辦法拯救自己。我盲目地發誓，要為了他和他家人活下去。為了讓他能夠安息，我講得口沫橫飛，而我內心深處還有一個希望，搞不好我能藉此得到救贖，還有辦法從這裡脫身。這是個小小的詭計：只要能成功逃脫，之後可以再思考要如何兌現承諾。所以我把小冊子翻開，慢慢地讀：傑哈．杜瓦，排版師。

我用死者的鉛筆在信封上寫下地址，然後快速把所有東西塞回他的軍服裡。

我殺了排版師傑哈．杜瓦。我未來也要當排版師，我開始胡思亂想，變成排版師、排版師……。

到了下午，我變得比較冷靜。我的恐懼根本沒有道理，這個名字不再困擾著我，濃烈的情緒也已經退散。「夥伴啊，」我對死者說，語氣相當冷靜：「今天是你，明天搞不好就輪到我了。但如果我順利逃出去了，夥伴，我一定會跟把我們毀掉的東西抗爭到底。你丟了這條命，而我呢？我失去的也是生命。我答應你，夥伴，這種事情絕對不能再發生。」

日頭西斜，飢餓與疲憊讓我無精打采。昨天對我來說像一團迷霧，我已經不覺得自己有機會逃出去了。所以我一直打盹，不知不覺就傍晚。暮色降臨，時間對我來說過得好快。還有一個小時就要天黑。如果是夏天，可能還得等三個小時。還有一個小時。

現在我突然開始發抖，怕又會發生什麼突發狀況。我沒有在想那個死人了，他對我而言已經不重要，內心突然有了活下去的渴望，而先前我所想的一切都被求生意志給沖散。為了避免大難臨頭，我機械式地重複說：「剛才答應你的我都會遵守……。」但我現在就曉得其實自己根本不會做。

我突然想到，如果就這樣爬出去，我方士兵可能會朝我開槍，因為他們不曉得是我。我應該要先出聲，越早越好，讓他們知道我在這裡。在他們回答之前，我會待在戰壕前面。

天空出現第一顆星星。前線依然平靜。我鬆了一口氣，興奮地喃喃自語：「不要做傻事啊，保羅，冷靜、冷靜，保羅，之後會得救的，保羅。」喊自己的名字真的很有用，感覺起來像別人在跟我說話，會更有威力。

天色越來越暗，激動的心情漸漸平復，我小心翼翼地等待第一批炮彈升空爆炸。接著我爬出彈坑，早就把那個死人忘在腦後，眼前是將臨的夜色以及映照著慘白光線的田野。我看見一個彈坑，在光線熄滅的那瞬間飛快跑過去，繼續探索，然後再跳到下一個彈坑，縮起身子繼續前進。

我越來越接近。在炮彈的亮光之下，我看見有東西在鐵絲網那邊移動，後來又定住，我就躺下來不動。過一下子我又看見了，肯定是我方戰壕裡的夥伴。不過我很小心，真的認出我軍的頭盔之後才喊出聲。

馬上就聽見有人喊我名字：「保羅，保羅。」

我又喊了一次，是卡特和亞伯特，他們帶著帳篷帆布去找我。

「你有受傷嗎？」

「沒有，沒事。」

我們滑進戰壕。我要了食物，馬上狼吞虎嚥吃完。穆勒給我一根菸，我三言兩語交代了一下外頭的經過。這種事時常發生，早就不新鮮，比較特別的是夜間進攻。卡特在俄國的時候，曾在俄國陣地後方躺了兩天才成功突破防線回來。

那個死去的排版師我倒是隻字未提。

隔天一早我實在忍不住。我得跟卡特和亞伯特說。他們都安慰我說：「這也沒辦法，不然還能怎麼樣呢？你來戰場就是要跟敵人搏鬥啊！」

聽完他們這麼說，還有他們在身邊，我覺得安心不少。當時在那個彈坑裡我根本不曉得在胡說八道些什麼。

「看那邊。」卡特指著說。

胸牆那邊站了幾位狙擊手，他們手持有裝有瞄準望遠鏡的步槍，窺視整個對面的區域。不時會有槍聲響起。

這個時候我們聽到一聲驚呼。「命中了嗎？」「你有看到他彈多高嗎？」奧爾利希下士驕傲地轉過身，寫下他的分數。在今天的射擊榜上，他以精準擊中的三槍名列榜首。

卡特說：「你覺得呢？」

我點點頭。

「如果他繼續這樣射下去，今晚鈕扣裡就會多一隻彩色小鳥[8]。」克洛普說。

「也有可能很快就會升上副中士。」卡特補充說。

我們互相看了看。「我不會做這種事。」我說。

「至少，」卡特說：「現在看到這種事，對你來說也不錯。」

奧爾利希下士走回胸牆，步槍的槍口開始四處瞄準目標。

8 譯注：指勳章。

「所以你那件事根本就沒什麼。」亞伯特點點頭說。

現在連我都搞不懂自己了。

「可能只是因為我必須和他躺在一起那麼久吧。」我說。戰爭畢竟是戰爭。

奧爾利希的步槍發出短促、單調的聲響。

10

這次我們分到的差事還不錯。總共八個人，負責留守一座炮彈猛烈轟炸後全員撤離的村落。

主要任務是看守還沒搬空的軍糧庫，而我們自己的軍糧也是直接從庫存中取用。這種任務交給我們再適合不過，有卡特、亞伯特、穆勒、提亞登、勒爾、迪特林，整個小組都在。海伊死了，不過這已經算幸運，其他小組的傷亡更慘重。

我們找了一個水泥砌成的地窖作為掩護所，有座樓梯能從外頭直通地窖。入口處還有一道水泥防護牆擋著。

現在要幹大事了，也順便趁機伸展筋骨、放鬆心情。這種機會可得好好把握，因為當前處境實在令人絕望，沒有太多時間可以多愁善感。畢竟，情況沒那麼糟的時候，人才有餘裕多愁善感。我們別無選擇，只能實際行事。有時候還實際到偶爾想起戰前的美好時光時，竟然會害怕。幸好回憶不會停留太久。

現在的處境必須輕鬆面對，所以一有機會就要打打鬧鬧、講講屁話，畢竟心懷恐懼的時候，人總是會做些荒唐無意義的行為；這兩者之間的關聯是那麼直接、無情，毫無過渡的灰色地帶。我們什麼事也做不了，只能一頭栽進去。如同現在，我們一股腦想創造某種田園生活，而這田園生活當然就是吃跟睡。

大夥先從其他民宅拖來幾張床墊擺在屋裡。軍人的屁股偶爾也喜歡坐在柔軟的墊子上。地板上鋪滿床墊，唯獨中間的地板留了一些空間。接著，我們再找來一些棉被、羽絨毯跟舒服柔軟的東西。村裡什麼都有，亞伯特和我找到一張可以拆開的桃花心木床，上面還搭配絲質的藍色床帳和蕾絲床罩。搬運過程中我們汗流浹背，但這種好東西怎麼能錯過？更何況再過幾天搞不好就會被炮彈給打爛。

卡特和我在這區的房屋附近巡視一圈，沒多久就找到一打雞蛋和兩磅非常新鮮的奶油。突然間，客廳傳來一陣撞擊聲，一個鐵爐撞穿牆壁，從面前飛過，在身旁一公尺處又撞穿另一道牆壁。總共撞出兩個大洞。對面的房子被手榴彈擊中，鐵爐是從那邊飛過來的。「真走運！」卡特咧嘴笑。我們繼續搜索，一邊豎起耳朵仔細聽、邁開大步快速行動。下一秒，我們馬上被眼前的畫面吸引：兩隻活蹦亂跳的小豬正在一個豬圈裡玩耍。我們揉揉眼睛，再仔細看一遍：兩隻小豬果然在那裡。我們伸手摸摸小豬，沒錯，兩隻乳豬。

眼前可是一頓美味的大餐。離避難地窖五十步遠的地方有一棟小房子，前身是軍官宿舍，裡頭的廚房有個巨大的爐台，上面有兩座烤爐，還有平底鍋、湯鍋跟水壺。應有盡有，棚裡甚至還有大量木材，根本是流著奶與蜜的樂園。

一大早，我們這組就有兩個人到田裡去找馬鈴薯、胡蘿蔔和嫩豌豆。我們的胃口已被養大，想吃點新鮮現煮的東西，根本沒把軍糧庫裡的罐頭放在眼裡。廚房裡已經擺了兩顆花椰菜。

卡特也將乳豬宰了。搭配烤肉的話我們想來點馬鈴薯煎餅，但找不到馬鈴薯刨絲刀。但不要緊，我們用釘子在罐頭鐵蓋上戳了很多洞，這樣就能拿來刨絲。其中三個人戴上厚厚的手套，以免刨絲時傷到手指，另外兩個人負責削馬鈴薯皮，我們進度非常快。

卡特負責烤豬、胡蘿蔔、豌豆和花椰菜，甚至還調了能用來配花椰菜的白醬。我負責煎馬鈴薯餅，一次四塊。十分鐘之後，我已經學會如何翻鍋，讓一面已經煎熟的薯餅騰空飛起、翻轉，再穩穩用鍋子接住。小豬沒切過就整隻拿去烤。大家圍著烤乳豬，就像圍著祭壇一樣。

這時客人也來了。兩位無線電操作員接受我們慷慨的邀請，前來共進晚餐。他們坐在客廳，那邊擺了一架鋼琴。其中一個人彈琴，另一人唱歌，曲目是《威悉河畔》。他的薩克森口音相當重，但歌聲充滿感情。我們在火爐邊準備大餐時，依然聽得相當入神、深受感動。

我們漸漸察覺有猛烈的炮火逼近。偵察氣球發現煙囪冒出的炊煙，避難所隨即遭到炮彈轟炸。是該死的小型炮彈，射穿的彈孔不大，但爆炸的範圍又廣又低。炮彈逐漸逼近，我們又不能丟下美食不管。敵方不停發射，幾片彈片咻咻從上方穿過廚房窗戶射進來。乳豬就快烤好了，煎馬鈴薯餅卻有些困難。炮彈發射的密度太高，彈片不斷打在牆上，再呼嘯穿過窗戶。每次聽到子彈的嗖嗖聲，我就端著平底鍋和煎餅蹲下，縮著身子躲在窗戶牆壁後方，聲音一停再站起來煎餅。

薩克森人停止演奏，因為有一片彈片飛到鋼琴裡面。晚餐大致上快準備好了，我們開始思考要怎麼撤退。下一波炮擊結束之後，兩個人先端著蔬菜鍋跑五十公尺到避難地窖。我們看著他們的身影慢慢消失。

又是一連串轟炸。所有人都彎腰躲起來，又有兩個人各帶著一壺上等的咖啡小跑步離開，在下一波攻勢來臨前抵達避難所。

現在，卡特和克洛普端起今晚的重頭戲：裝著金黃色烤乳豬的大鍋子。大吼一聲，膝蓋一蹲，飛快穿越五十公尺的空曠田野。

我把最後四塊馬鈴薯煎餅煎完，為了最後這四塊我還得在地上多趴兩次，但畢竟就是最後一批了，而且這也是我最愛的食物。

接著我抱起堆了高高一疊薯餅的盤子，緊緊貼在門後。子彈嗖嗖飛過，爆炸聲此起彼落，我拔腿衝了出去，雙手將盤子緊緊抱在胸前。快抵達避難所了，但子彈呼嘯聲突然變得好大好響，我像是麋鹿一樣死命狂奔，繞過水泥牆，彈片打在牆上。我整個人摔下地下室樓梯，手肘雖然擦傷，那一整疊薯餅卻都完好如初，盤子也沒弄翻。

我們兩點鐘開始備料下廚，一路準備到六點。六點半之前我們先享用咖啡，那是從軍糧庫拿來的軍官等級咖啡，還一邊抽著軍官等級的雪茄和香菸——也是來自軍糧庫。六點半晚餐準時開飯，十點的時候我們將烤乳豬的骨頭扔出門外，然後喝著同樣從軍糧庫弄來、美妙的白蘭地和蘭姆酒，搭配又粗又長、包著商標紙片的雪茄。提亞登說現在唯一缺的就是軍官妓院裡的女孩了。

夜裡，外頭傳來貓叫聲。一隻小灰貓坐在入口處，我們引牠進來餵牠吃東西。看著小貓吃東西我們又有了食慾，最後上床睡覺時嘴裡還嚼著東西。

不過那晚大家都滿痛苦的。因為吃太油膩，新鮮的烤乳豬對腸胃來說太過刺激，避難所裡的人進進出出，總是有兩、三個人光著屁股蹲在外面，嘴裡不停罵髒話。我自己就跑了九趟。凌晨四點左右就破紀錄了：十一個人，包含站崗的還有訪客，所有人都蹲在外面。

燃燒的房屋如同黑暗中的火炬。榴彈轟隆作響、落地爆炸。一整列的彈藥車疾駛在公路上。軍糧庫靠近公路的那一側被炮彈炸開，彈藥車司機不顧滿天橫飛的彈片，一窩蜂擠進去偷麵包。我們什麼都沒做，就讓他們拿。要是出聲阻止，搞不好還會挨一頓揍。所以我們換種方式，說自己是這裡的守衛。由於我們對軍糧庫瞭若指掌，還帶了一些罐頭去換我們需要的東西。根本無所謂，反正過不了多久所有東西都會變成炮灰。我們從軍糧庫拿了些巧克力，大口大口吃起來，卡特說巧克力對拉肚子很有幫助。

就這樣，我們過了兩週吃吃喝喝、四處閒逛的日子，沒人來打擾。在炮火摧殘之下，整座村莊漸漸消失。日子過得還算不錯，只要軍糧庫沒有全部變成炮灰就行了，其他事情我們不在乎，只希望戰爭就此結束。

提亞登突然變得很高雅，雪茄只抽一半。他還高傲地說自己已經習慣了。卡特也變得很開朗，早上第一句話總是：「埃米爾，把魚子醬和咖啡端過來。」我們擺出一副高尚的樣子，把別人當成能隨意使喚的下屬，用「您」來稱呼對方、發號施令。「克洛普，我腳底癢，請您幫忙抓蝨子！」勒爾像個女演員似的把腿伸出來，亞伯特就把他的腿抬到階梯上。「提亞登！」「怎麼了？」「稍息！提亞登。還有，您不該說『怎麼了？』應該要說『遵命』……再一次，提亞登！」提亞登回了幾句粗話，這些髒話他總是信手捻來。

又過了八天，我們接到撤離的命令。美好的日子就這樣結束。兩輛大卡車來接我們，上面堆著高高的木板，不過亞伯特跟我還是把那張附了藍色絲綢布幔的床，連同床墊和兩條蕾絲花邊被子都擺上去。床頭後面還放了一袋袋的糧食補給，一人一份。我們不時伸手摸摸那幾袋糧食，裡頭有硬邦邦的瘦肉香腸、罐裝肝腸，還有各式罐頭跟盒裝雪茄，開心得不得了。每個人都有滿滿一袋。

克洛普和我還救了兩張紅色天鵝絨單人扶手沙發。我們把沙發放在床上，就像在戲院包廂裡那樣，坐在椅子上伸懶腰。頭上的絲綢床罩被風吹得鼓鼓的，彷彿王座上方的頂篷。每個人嘴裡都叼著一根長長的雪茄，居高臨下欣賞沿途風光。

我們中間還擺了一個鸚鵡籠，是特地為小貓找來的。我們帶著小貓，貓咪此刻正在籠子裡，對著眼前的一盤肉喵喵叫。

卡車在公路上緩慢滾動。我們唱著歌，身後是那座空無一人的城鎮；炮彈不斷落下，濺起的泥塵宛如噴泉。

幾天後我們動身去撤離一座村莊，途中遇到被驅逐的逃難村民。他們將家當放在手推車或嬰兒車中，有些人則背在背上。他們彎腰駝背，臉上寫著哀傷、絕望、匆忙和屈服。孩子緊緊牽著母親的手，有時也會有年紀較大的女孩牽著小女生。她們蹣跚前進，不時回頭看。有些孩子手上拿著破破爛爛的娃娃，他們從旁經過時都沉默不語。

我們依然按照行軍隊伍前進。只要村裡還有居民，法國人就不會開炮。但沒過幾分鐘，空氣中又是一陣炮彈呼嘯聲，大地劇烈震動，哭喊聲四起——一枚榴彈擊中隊伍尾端。大家馬上散開、臥倒，同一時間，我發現自己在面對炮火時能讓我不自覺做出正確決定的緊繃感逐漸消失，取而代之的是「完蛋了」的念頭。這種令人癱瘓的恐懼感一閃而過，下一秒我的左腿就遭到一記重擊，像是挨了一鞭那樣。身旁的亞伯特大叫。

「快點，亞伯特，站起來！」我趕緊大喊，因為我們現在躺在毫無遮蔽的野外。

他搖搖晃晃站起來拔腿狂奔，我跟在他身後。我們必須越過一道高過頭頂的籬笆，克洛普伸手抓著樹枝，我則抓著他的腿。他大叫一聲，我順勢發力推他一把，他就翻過去。我接著縱身一跳，直接掉進籬笆後方的池塘。

我們滿臉泥濘和浮萍，但這是個不錯的掩護，所以我們沉入水裡，只露出一顆頭。一聽見炮彈的呼嘯聲，我們就將頭埋進水裡。這樣反覆十幾次之後我就受夠了。亞伯特也抱怨說：「趕快走吧，我都要溺死了。」

「你是哪裡中彈？」我問。

「應該是膝蓋吧。」

「還能跑嗎？」

「應該可以。」

「那就跑吧！」

我們跑到公路旁的壕溝，彎腰沿著壕溝跑。炮火緊跟在後，這條路直直通往彈藥庫，要是彈藥庫爆炸，我們恐怕會被炸得連鈕扣都不剩。所以我們改變計畫，在隱蔽處跑過田野。

亞伯特放慢速度。「你快跑，我會跟上。」話一說完他就跌坐在地上。

我拉著他的手臂搖晃他。「快起來，亞伯特，一躺下就爬不起來了。快點，我扶你。」

好不容易抵達一處小小的防空洞。克洛普馬上跌進去，我替他包紮傷口。他中彈的位置在膝蓋上方，我也順便檢查自己的傷勢。我的褲子和手臂都是血。亞伯特用他的繃帶替我包紮傷口。他那條腿已經動不了，我們都很驚訝自己竟然還有辦法一路逃到這裡。這純粹是恐懼使然，要是兩條腿都被打斷，應該也還是有辦法拖著殘肢奔跑吧。

我還稍微能爬，所以爬出去攔了一輛周圍有柵欄的板車帶我們走。整輛車上都是傷員，車上還有一位醫護兵，他在我們胸口打了一針破傷風。

在野戰醫院，我們盡可能安排兩張相鄰的床位。醫院提供稀薄的湯水，我們抱著不屑的態度、狼吞虎嚥地喝個精光。雖然已經習慣前幾天的好日子，但我們已經餓到別無選擇。

「現在可以回家了，亞伯特。」我說。

「希望如此。」他回答：「要是能知道自己現在是什麼狀況就好了。」

疼痛逐漸加劇，纏著繃帶的傷口處像火一樣燃燒。我們不停喝水，一杯接一杯。

「我的槍傷在膝蓋上方幾公分的的地方？」克洛普問。

「十公分有吧，亞伯特。」我這麼說，但實際上大概只有三公分。

「我想過了。」他過了一會兒說：「如果他們要把我截肢，我就不活了，才不想要一輩子拄拐杖。」

我們就這樣躺在床上等著、胡思亂想。

傍晚我們被拖上「屠宰床」上。我嚇壞了，馬上思考該怎麼辦才好，因為野戰醫院的醫生特別愛截肢。傷兵人數過多時，截肢可是比修補手術還輕鬆容易。我想到凱姆利希的遭遇。我絕對不接受氯仿麻醉。如果有人要用氯仿麻醉我，即使要把他們的頭撞破，我也絕對反抗到底。

檢查還算順利。醫生在傷口裡戳來戳去，我差點沒痛到暈過去。「沒這麼嚴重！」他抱怨完之後繼續戳。醫療器材在明亮的光線下閃爍，像是兇狠惡毒的動物，而疼痛實在難以忍受，兩位護理人員抓著我的手臂。我好不容易掙脫其中一人的壓制，準備往醫生的眼鏡揮過去，醫生竟然發現並馬上跳開。他氣沖沖地大叫：「麻醉他！」

我這才冷靜下來。「對不起，醫生，我會乖乖不動，但請你不要麻醉我。」

「好吧。」他咯咯笑著，又拿起醫療器材。醫生是個金髮小伙子，年紀頂多三十歲，臉上有幾道疤，還戴著一副看了就討厭的金框眼鏡。我發現他其實是在整我，他在傷口裡面翻來攪去，不時透過鏡片斜眼瞄我。我雙手緊抓把手，寧可痛死也不讓他聽見我呻吟。

他把彈片夾出來丟給我看，顯然是對我的表現很滿意，他現在看起來也比較謹慎認真，還跟我說：「明天就可以回家了。」接著他們就替我上石膏。後來遇到克洛普，我還跟他說運送傷兵的列車明天可能會到。

「亞伯特，去跟那個上士軍醫說一下好了，讓他把我們安排在一起。」

講了幾句好聽話之後，我順利讓他收下兩隻包著商標紙片的雪茄。他聞一聞之後問：「你還有嗎？」

「還有一大把！」我說：「還有我夥伴，」我指著克洛普，「他那邊也有很多，希望明天可以一起從傷兵列車的窗戶拿給你。」

他一聽就懂，又嗅了一下，然後說：「沒問題。」

我們整夜都沒辦法睡。我們所在的病房已經死了七個人，其中一個在發出垂死的呻吟喘氣聲之前，扯開嗓子高聲唱了整整一小時的讚美詩。另一人從床上爬到窗邊，躺在窗台上，似乎是想看窗外景色最後一眼。

擔架停在火車站。等火車的同時，天空正下著雨，但火車站沒有屋頂，被子又很薄。已經等了兩小時。

上士軍醫像母親一樣仔細照顧我們。雖然我很不舒服，還是沒忘記原本的計畫。我先拿了一根雪茄給他，趁機讓他看看我們的包裹。拿到雪茄之後，他馬上替我們蓋一塊帳篷帆布。

「天啊，亞伯特。」我突然想到：「我們找到的那張有頂篷床罩的床，還有那隻小貓。」

「還有扶手沙發椅。」他補充說。

對，還有那兩張紅色天鵝絨單人沙發椅。我們曾在傍晚時像君王一樣坐在上面，還打算要按時出租讓別人來坐。每小時的租金是一根香菸。那種日子多逍遙啊，搞不好還是一門很棒的生意呢。

「亞伯特，」我又突然想到：「還有那一袋美食包。」

想到就心情鬱悶，那些東西我們本來都用得到的。要是火車晚一天開，卡特一定會找到我們，幫忙把東西拿來。

運氣真背。我們肚子裡現在只有麵糊湯、稀薄的醫院食物。雖然背包裡還有豬肉罐，但我們已經虛弱到沒力氣去開心或多想了。

列車一早進站時擔架已經濕透。上士軍醫將我和克洛普安排在同一節車廂。車上有好幾位紅十字會的護理師。克洛普在下鋪，我則被安排在他正上方的那張床。

「天啊。」我突然說出口。

「怎麼了？」護理師問。

我又看了床一眼。床上鋪著雪白的亞麻床單，乾淨到難以想像，床單上甚至還有燙過的摺痕。我身上的衣服已經六個禮拜沒洗，髒得要命。

「沒辦法自己爬上去嗎？」護士擔心地問。

「是可以，」我滿頭大汗地說：「但可以請您先把床單拆下來嗎？」

「為什麼？」

我覺得自己髒得跟豬一樣，怎麼有辦法躺在這麼乾淨的床上？「這樣床不就會……」我猶豫地說。

「會髒掉嗎？」她用鼓勵的語氣問。「沒關係，我們之後再換洗就好。」

「不行，怎麼可能……」我激動地說。這種文化衝擊我還真不習慣。

「您都能躺在前線戰壕裡了，我們洗個床單算什麼？」她這麼說。

我看著她，她看起來很年輕，長得清秀漂亮，白白淨淨的，就像這裡的一切。沒有軍官頭銜的我們竟然也能享有這些服務，心裡總覺得有些詭異，甚至莫名有種受威脅的感覺。

不僅如此，這女的還有一股打破沙鍋問到底的氣勢，逼得我把所有話都說出來。「只是……」我頓了一下，她一定知道我想說什麼。

「只是什麼啊？」

「就蝨子啊。」我終於大吼出來。

她笑了。「蝨子也要過幾天好日子吧。」

既然如此我就無所謂了。我爬上床，鑽進被子裡。

一隻手在被子上游移摸索。是上士軍醫，他把雪茄抽走了。

一小時後火車開始行進。

我在夜裡醒來，克洛普也動了一下。列車靜靜地在軌道上滾動。一切還是讓人難以置信：一張窗、一列火車，回家的路。我輕聲呼喚：「亞伯特！」

「嗯？」

「你知道廁所在哪嗎？」

「應該右邊那扇門吧。」

「我去看看。」車廂裡面一片漆黑，我沿著床邊摸索，想要小心下床，但上了石膏的腿很難控制，我「砰」一聲摔到地板上。

「該死。」我說。

「你撞到了嗎？」克洛普問。

「明明就聽到了還問。」我碎嘴說。「我的頭啦。」

車廂後方的門打開了。護士提燈進來，看到我在地上。

「他從床上摔下來了……」

她量了一下我的脈搏，又摸摸我的額頭。「沒有發燒。」

「沒有。」我承認。

「您剛才有做夢嗎？」她問。

「應該吧！」我顧左右而言他。她又要開始追著答案猛問了。她那雙明亮的眼睛看著我，但她越是純潔美好，我就越說不出口自己想做什麼。

我又被抬到床上。這樣也好，等她走了我再自己想辦法下床。假如她是個老太太，我可能比較容易啟齒，但她太年輕了，絕對不超過二十五歲，我怎麼好意思開口。

這時亞伯特跳出來幫我。想上廁所的人不是他，所以講起來完全不會不好意思。他開口叫護理師。她轉過身。「護理師，他想要……。」但亞伯特也不曉得要用什麼方式表達比較得體。在前線，講一個字大家就懂了，但在這裡，面對這樣一位淑女……。突然間，他想起以前在學校的情況，流利地說：「護理師，他想要去一下洗手間。」

「原來是這樣。」護理師說：「那也不用拖著石膏從床上爬下來。您是需要什麼？」她轉頭問我。

這種新的問法讓我措手不及。我根本不曉得要怎麼用比較抽離、專業的術語表明需求。護理師又幫了我一把。

「大號還是小號？」

太尷尬了！我滿頭大汗，怯懦地說：「就，小號……」

至少我的運氣還不錯。

我拿到一個尿壺。過了幾個小時，我就不是唯一一位有大小號需求的人了。到了早上我們就已經習慣，可以毫不害羞地表達自己的需要。

火車緩慢行駛，偶爾還會停下來將死人卸下。車子經常停下來。

亞伯特發燒了，我的狀況不好不壞，只是傷口發疼，不過更慘的是石膏下面可能有蝨子，整條腿癢得要命但又抓不到。

我們這幾天都睡睡醒醒，窗外的風景就這樣悄然掠過。第三天晚上我們抵達赫伯斯塔（Herbesthal）。我聽護士說亞伯特因為發燒，會在下一站下車。「這台列車會開到哪裡？」我問。

「科隆（Köln）。」

「亞伯特，我們要一起下車。」我說：「你看著吧。」

護理師下次來巡視的時候，我憋住氣，讓氣衝到頭部，整個臉漲到紅通通的。護士停了下來。「會痛嗎？」

「對，」我呻吟著說：「突然好痛。」

她遞給我一根溫度計，然後就去別的床位巡視。如果這時還不曉得該怎麼做，我就沒臉說自己是卡特的徒弟了。這種士兵專用的體溫計根本對付不了有經驗的老兵。只要讓水銀往上升，水銀就會停在細細的管子裡，不會往下沉。

我把體溫計斜斜往下夾在腋下，用食指不斷輕彈，再把體溫計拿起來往上甩，水銀來到三十七點九度。但這還不夠，我點了一根火柴、小心往體溫計靠近，最後溫度來到三十八點七。

護士回來的時候，我刻意大口喘氣、呼吸急促，眼神呆滯地看著她，焦慮不安地低聲說：「我受不了了。」

她把我的情況記錄在一張紙上。我清楚知道，如果沒有必要，他們是不會把我的石膏拆掉的。

亞伯特和我一起被抬下火車。

我們躺在一家天主教醫院，還在同一個房間。運氣真好，因為天主教醫院以良好的醫療服務跟伙食而聞名。從列車下來的傷兵將整間醫院塞滿，其中許多人受重傷。由於醫生人數不足，今天還輪不到我們做檢查。裝著橡膠胎的平板推車不斷從走廊上經過，上面總是有人直挺挺地躺著。這種僵直、該死的姿勢只有睡覺時還勉強可接受。

夜裡非常嘈雜，根本沒人睡得著。天快亮我們才稍微打了個盹，醒來時天已全亮。門是開著的，走廊傳來說話的聲音。其他人也醒了。有位已經在這邊待好幾天的弟兄跟我們解釋：「修女每天早上都會在走廊上禱告，她們都說這是晨禱。她們會把門打開，讓我們也能一起禱告。」

這絕對是一番好意，但我們的骨頭跟頭都痛到不行。

「根本是在亂搞。」我說：「我們才剛睡著。」

「樓上的傷勢沒那麼重，所以她們才這樣。」他回答。

亞伯特開始呻吟，我突然一股火，大吼：「外面安靜一點。」

一分鐘後，一位護理師出現了。她穿著黑與白的制服，看起來像個漂亮的咖啡壺保溫套。「護理師，請把門關上。」有人說。

「現在是晨禱，所以門才開著。」她回答。

「但我們還想睡……」

「禱告總比睡覺好。」她站在那邊，露出天真的笑容。「而且也已經七點了。」

亞伯特又開始呻吟。「門關上！」我大吼。

她嚇了一跳，看樣子根本無法理解我們的反應。「是在幫你們禱告耶？」

「一樣！關門！」

她消失了，卻沒把門關上。禱告聲再次響起。我已經失去理智，脫口而出說：「我數到三，如果你們要繼續禱告，我就砸東西。」

「我也是。」另一人說。

我數到五，然後就拿起一個瓶子，瞄準之後丟過去。瓶子從門縫飛出去，在走廊上砸成碎片。禱告聲停止，一群護理師過來克制地責備著。

「關門！」我們大喊。

她們紛紛散去。剛才那位嬌小的護士最後一個離開。「異教徒。」她一邊碎念，一邊把門關上。我們贏了。

中午，野戰醫院的監察員來罵了我們一頓。他還威脅說要關我們禁閉，或是施以更重的懲處。野戰醫院的監察員其實跟軍糧處的監察員一樣，雖然配戴長劍和肩章，但實際上是個文職人員，新兵都不把他們當一回事。我們就任由他罵，反正他也不能真的怎麼樣。

「瓶子是誰丟的？」他問。

我還在考慮到底要不要自首，就有人先出聲。「是我！」

一位鬍子亂七八糟的人站起來，大家都很急著想知道他為什麼要這麼做。

「是您嗎？」

「對，因為無緣無故被吵醒，我氣到失去理智，也不曉得自己到底在做什麼。」他說話的方式好像在背課文。

「您叫什麼名字？」

「增援部隊後備兵約瑟夫．哈馬赫。」

監察員離開了。

大家都很好奇。「你幹嘛承認啊？又不是你丟的。」

他奸詐地笑著說：「沒差啦，我有精神異常證明。」

大家一聽就懂。如果有精神異常證明，想做什麼都可以。

「對啊，」他說：「我之前頭部中過一槍，就拿到一張醫生證明說我可能會暫時失去行為能力。那之後我就爽死了，大家都不敢惹我，也不會有人找我麻煩。下面那些人應該氣死了。我之所以自首，是因為丟東西真的很有趣。如果她們明天再把門打開，我們再繼續丟。」

聽完我們都高興得不得了。有約瑟夫・哈馬赫在，我們什麼都不怕。

過沒多久，無聲的平板車來將我們接走。

包紮的紗布都黏在皮膚上，我們痛到像公牛一樣咆哮。

這房總共有八個人，傷勢最重的是黑色捲髮的彼得。他中彈的部位在肺部，很難處理。他隔壁床的法蘭茲・威希特手臂中槍，剛開始看起來不嚴重，但是到第三天晚上他叫我們按鈴，他覺得傷口的血好像怎麼樣也止不住。

我拼命按鈴，但值班護理師沒出現。她整晚忙得焦頭爛額，每個人都剛換新藥，傷口痛得要命。有人的腿想要這樣擺，有的人則說要換個姿勢；有人想喝水，有的人則叫要她來幫忙把枕頭拍鬆。那位肥胖的老護理師最後抱怨個連連，還用力甩門。現在她可能以為又是什麼雞毛蒜皮的小事，所以乾脆不來了。

我們等著。然後法蘭茲說：「再按一次吧。」

我又按了一次，但她還是沒出現。我們這一側的病房晚上只有一位值班護理師，搞不好她正在別的病房忙。「法蘭茲，你確定你在流血嗎？」我問：「不然又要被唸了。」

「傷口都濕答答的。有人能幫忙開一下燈嗎？」

這也沒辦法。開關在門邊，但這房的人都沒辦法下床。我猛按呼叫鈴，按到大拇指都麻了。也許護理師正在打瞌睡。她們白天工作繁忙，其實都已經過勞，還得不停禱告。

「要不要丟瓶子？」有精神錯亂證明的約瑟夫．哈馬赫問。

「按鈴她都聽不到了，丟瓶子更不可能聽到。」

門終於開了。老護理師臉很臭。不過當她注意到法蘭茲，卻急著大叫：「怎麼沒人通知我！」

「我們有按鈴啊，我們又沒辦法下床。」

他流了很多血，她替他包紮。早上我們看到法蘭茲，整個臉變得又瘦又黃，前一晚他本來看起來還很健康的。護理師來得更勤了。

紅十字會有時候也會派護理師來幫忙。她們都很善良，但有時候比較笨手笨腳。搬動傷兵換床單的時候，她們常把人弄痛，這時她們也會嚇到，然後就把患者弄得更痛。

修女就比較有經驗，知道該怎麼照顧傷兵，但我們也希望她們能更有趣一點。有幾位修女倒是滿有幽默感的，她們就很受歡迎。有誰不喜歡麗貝緹修女呢？只要看見這位了不起的修女從遠方走來，這一側的所有病房就會洋溢著歡樂的氣氛。像這樣的修女有好幾個，不管她們需要什麼，我們絕對力挺到底。修女都把士兵當成平民老百姓一樣看待，真的沒什麼好抱怨的。如果是在駐防部隊醫院，連躺在床上都得把手好好擺在身體兩側，想到就讓人害怕。

法蘭茲．威希特的身體沒有好起來。某天，院方把他接走之後就沒有送回來了。約瑟夫．哈馬赫知道大概是什麼情況：「我們不會再看到他了，他們把他帶到死人房去了。」

「什麼是死人房？」克洛普問。

「就是臨死病房。」

「那是什麼？」

「就是這一側角落的小房間，快不行的人就會被送進去。裡面有兩張床，大家都說那是臨死病房。」

「為什麼要把人送到那邊去？」

「快死的人就不需要特別照顧。那間房間剛好在停屍間的電梯旁邊，比較方便。搞不好他們也是不想要有人死在病房裡面，去影響到其他人。他們單獨躺在那邊，院方也比較好看管。」

「他自己知道嗎？」

約瑟夫聳聳肩。「通常到這種時候他已經沒什麼意識了。」

「這大家都曉得嗎？」

「在這裡待得夠久一定會知道。」

下午，有人來接替法蘭茲・威希特的床位。過沒幾天，新來的人又被送走。約瑟夫做了個耐人尋味的手勢。我們看著這些病患來來去去。

有時會有一些家屬坐在床邊哭，不然就是尷尬地低聲說話。有位老婦人不想離開，但她也沒辦法在這裡過夜。隔天她很早就來，但還是晚了一步，因為她走到家屬床位時上面已經躺了新的人。她只好去停屍間找人。她還把帶來探病的蘋果分給我們。

小彼得的情況也越來越糟。他的體溫記錄表看起來很不妙。有一天，平板推車出現在他床邊。「要去哪？」他問。

「去包紮室。」

醫護人員將他抬起來，但護理師犯了一個錯。為了不要跑兩趟，她把他的外套從掛鉤上拿下來一起放上推車。彼得一看就知道是怎麼一回事，還想要從推車上滾下來。「我要留在這裡！」

她把他壓住。他用被子彈打穿的肺輕聲叫著：「我不想去臨死病房。」

「我們是要去包紮室。」

「那你們拿我外套要幹嘛？」他已經沒聲音了，只能用沙啞的氣音激動吼著：「我要留在這裡！」

她們沒回答，直接把他推出去。經過門口的時候他試著站起來，頂著黑色捲髮的頭不停晃動，眼裡滿是淚水。他喊著：「我會回來的！我會回來的！」門關上。整個病房都很激動，但沒人出聲。最後，約瑟夫說：「聽說只要一進臨死病房，就撐不過去了。」

我動了手術，吐了兩天。醫生助理說我的骨頭還沒長好。有另一個士兵的骨頭長錯方向，只能打斷重接，真的很慘。

新來的傷兵裡面有兩位年輕士兵有扁平足。查房的時候，主任醫師發現了，高興地站在他們床邊說：「我們可以幫忙解決這個問題。只要動個小手術，你們就會有一雙健康的腳了。護理師，麻煩記錄一下。」

他走之後，萬事通約瑟夫警告說：「不要讓那個傢伙幫你們動手術！那個老醫生根本是科學狂，一有機會就想把人抓去動手術。做完他說的手術，你們就真的不會有扁平足了，但是腳會變形，一輩子都得拿拐杖走路。」

「那該怎麼辦？」其中一個問。

「就說不要啊！你是來治療槍傷的，又不是來治扁平足的！你們在戰場上不也是用扁平足跑步嗎？你看，你們現在還能跑能走，要是讓那個老傢伙動手術，肯定會變殘廢。他需要實驗的白老鼠，戰爭剛好是提供源源不絕白老鼠的好時機，其他醫生也是這麼想的。你們去看樓下病房那些人，他手術過的那十幾個，現在全都只能用爬的。有些人一九一四或一九一五年就來了，已經過這麼多年，也沒比開刀前走得更好更穩。幾乎所有人的行動力都退步，大部分的人腿上還打了石膏，每半年他就把他們找來，把骨頭弄斷、重新手術。他每次都說手術很成功。你們聽好了，只要說不，他就不能替你們動手術。」

「哎呀！」其中一個人疲憊地說：「跛腳總比被頭部中彈還要好。如果又重回戰場，誰曉得會碰到什麼情況？如果能讓我回家，他們想對我幹嘛就幹嘛吧，跛腳總比死掉好。」

另一個年紀跟我們差不多的年輕士兵不願意。隔天早上，老醫生找人請他們到樓下去，對他們軟硬兼施，又是說服又是責備，直到他們同意為止。他們還有什麼選擇呢？畢竟他們只是小兵，老醫生階級那麼高。他們回來的時候都打著石膏，麻藥還沒退。

亞伯特的情況很不樂觀。院方替他做了截肢手術，整條腿都被切掉，連上半部都沒留。他整天不說話，只有一次說要是能拿到手槍，他會開槍自殺。

又有一輛運送傷兵的列車抵達。我們這房多了兩個盲人。其中一個是非常年輕的音樂家。有一次他從護理師身上搶過一把刀，所以現在護理師餵他吃飯時都不帶刀。雖然護理師格外小心，憾事還是發生了。傍晚餵食的時候，別床的患者呼叫護理師，她就把整個餐盤跟叉子擺在桌上。那位音樂家用手摸索，摸到叉子之後拿起來用盡全力往心臟插，還抓起一隻鞋子猛敲叉子的手柄。我們大叫求救，得靠三個男人的力量才把叉子從他身上拔出來。根本就不鋒利的叉子已經深深插進他身體。他一整晚都在咆哮咒罵，沒有人睡得著。一大早，他叫到全身痙攣。

床又空了。疼痛、恐懼、呻吟以及臨死的喘息，日子就這樣一天天過去。臨死病房的床位太少，最後也派不上用場。有人會在夜裡死在病房內，傷兵死得太快，護理師根本來不及準備。

不過有一天門突然開了，平板推車進入病房，彼得就坐在擔架上，他依然頂著一頭蓬亂的黑色捲髮，雖然蒼白消瘦，卻坐得直挺挺的。麗貝緹修女滿臉笑容把他推到他以前的床位。他從臨死病房回來了。我們以為他早就死了。

他環顧四周：「你們現在怎麼說啊？」

連約瑟夫也不得不承認他是第一次碰到這種事。

有幾個人漸漸能下床走路，我也拿到拐杖，可以一拐一拐四處走動。不過拐杖我倒是很少用，因為在房裡走動時，亞伯特的眼神實在讓我於心不忍。他總是用一種奇怪的眼神盯著我，所以我有時候會溜到走廊，在那裡我才有辦法輕鬆自在地活動。

樓下病房的傷兵是那些腹部、脊椎或頭部中彈的，也有兩腿截肢的。右側病房專門收容下巴中彈、吸入毒氣，還有鼻子、耳朵和頸部中槍的士兵。左側則有盲人、肺部中彈，還有骨盆、關節、腎臟、睪丸、胃部中槍的。人的全身各部位都有可能中彈，這點要在這裡才有辦法深刻體會。

有兩個人死於破傷風。他們膚色蒼白、四肢僵硬，最後還活著的只剩雙眼，而且還活了很久。有些傷兵的四肢吊在支架上，傷口底下放了盆子接膿液，每兩到三個小時會清一次。有些人身上纏著延伸固定的繃帶，床邊吊著幾個沉重的秤砣。腸子部位中彈的話，傷口處往往會塞滿大便。醫生的助理還拿髖關節、膝蓋或肩膀被子彈打碎的X光片給我看。

在這樣殘破不堪的肢體上竟然還有人的臉，而且生命竟然能在這種狀況下延續，這實在難以置信。更何況這只是其中一間戰地醫院，只是其中一站，德國有成千上萬所軍事醫院，法國也是，俄羅斯更是。如果這一切都有可能發生，那書寫、行動、和思考根本就是徒勞。倘若千百年來的文化都無法阻止血流成河，無法避免這種遍地可見的痛苦與折磨，那這一切都是謊言、都毫無意義。只有到過戰地醫院，才能真正理解戰爭究竟是什麼。

我很年輕，才二十歲，但我對生命的體悟只剩絕望、死亡、恐懼，以及最無謂的膚淺和痛苦深淵。我看見不同國家的人民被迫為敵，沉默、無知、愚蠢、順從，同時又無辜地互相仇視殘殺。世界上最聰明的人發明武器、編織說詞，好讓這一切更名正言順地持續下去、永不停止。在這裡、那裡、全世界，和我同年齡、同一個世代的人都跟一起見證、經歷這些事。假如我們有一天站起來，走到父親那一輩人面前要求他們負責，他們會怎麼做？如果沒有戰爭的年代來臨，他們對我們又有什麼期待？多年來我們的任務就是殺人，這是人生的第一份工作。我們對生活的認知只侷限於死亡。未來會是什麼模樣？我們又會變成什麼樣子？

這間病房裡年紀最大的是萊萬多夫斯基。他今年四十，腹部槍傷嚴重，已在醫院躺了十個月，最近幾週才有辦法稍微跛著腳走路。

他這幾天都很興奮。他的妻子從現居的一個波蘭小鎮寫信給他，說她已經存夠錢能坐車來醫院看他了。

她已經在路上，隨時都有可能抵達。萊萬多夫斯基興奮到沒什麼胃口，就連紅酸菜配香腸都吃幾口就給別人。他不斷拿著信在房裡來回踱步，那封信每個人都已經讀過十幾遍，郵戳也不曉得被檢查了多少次，字跡更因為油漬和指印沾染得模糊不清。但不該來的還是來了：萊萬多夫斯基發高燒，不得不回床上躺著。

他和妻子已兩年沒見，這段時間她生了一個孩子，會帶小孩一起過來。但萊萬多夫斯基心裡還在盤算另一件事。他原本希望妻子訪時能拿到外出許可，原因很明顯：能見面當然很好，但如果隔得這麼長一段時間才跟妻子見面，如果可以，當然還想做點別的事。

萊萬多夫斯基和我們討論了幾個小時，畢竟在軍隊裡沒有秘密，大家也不覺得這件事情有什麼難以啟齒的。幾位有辦法外出的人告訴他城鎮上有幾個很適合的地點，還有綠地和公園，到那裡就不會被打擾。其中一個人甚至知道一個小房間。

但這些點子又有什麼用？萊萬多夫斯基一臉憂愁躺在床上，如果他錯過這次機會，人生恐怕就樂趣全無了。我們安慰他，答應絕對會想辦法幫忙。

隔天下午，他的妻子出現了。她個子瘦小、皮膚乾癟，眼睛像小鳥，眼珠子怕生地閃爍著。她身上披著一件帶有流蘇花邊的黑色披肩，不曉得是從哪裡繼承來的。

她小聲喃喃自語，害羞地站在門口。我們六個大男人嚇到她了。

「噢，瑪雅。」萊萬多夫斯基緊張地吞吞口水說：「妳可以進來，他們人都很好。」

她走了一圈，和每個人握手，然後把孩子抱給大家看。尿布這時飄出一股異味，她從隨身攜帶的珍珠刺繡大型提包中拿出乾淨的尿布，熟練地幫孩子換好尿布。她已經不像剛開始那麼尷尬，兩個人也聊了起來。

萊萬多夫斯基看起來很著急，一直沮喪地瞪著那雙圓滾滾的凸魚眼看著我們。

時機正好，醫生剛查完房，頂多只會有護士稍微探頭進來看一下狀況。有個人特別出去看狀況，回來之後點點頭說：「都沒人，可以了，約翰，快點趁這個時候。」

他們又用自己的語言說了幾句，妻子臉都紅了，尷尬地往上看。我們好意笑了笑，揮揮手示意這沒什麼大不了。不需要在乎什麼該死的偏見，那早就已經過時了。躺在這裡的是木匠約翰．萊萬多夫斯基，腿部中彈成了瘸子，而他的妻子就在那裡，誰曉得他還要等多久才能再見到她。他想要她，也該和她親密親密，就這麼單純。

有兩個人會負責站在門前，萬一護理師來了，就把她攔下來拖延時間。他們打算把個十五分鐘的風。

萊萬多夫斯基只能側躺，所以其中一個人在他背後放了一些枕頭，亞伯特負責抱小孩，然後大家稍微轉過身。黑色披肩就這樣消失在棉被底下，我們吵吵鬧鬧玩著斯卡特牌，刻意扯開嗓門聊天打屁。

一切很順利。我抓到一張梅花跟四張黑桃，就這樣打了一輪，我們還差點把萊萬多夫斯基給忘了。過了一陣子，雖然亞伯特瘋狂抱著孩子左搖右晃，小孩還是開始哭鬧。然後我們聽到一陣窸窸窣窣的聲音，用餘光瞄過去的時候，發現小孩已經躺在媽媽懷裡吸奶瓶了。事情圓滿落幕。

這裡現在好像一個大家庭，那個女人變得很活潑，萊萬多夫斯基也容光煥發，大汗淋灕躺在那邊。

她把繡花手袋打開，裡頭露出幾根看起來特別美味的香腸。萊萬多夫斯基拿起刀，像是握一把花束那樣，將香腸切成小塊。他做了個霸氣的手勢，嬌小細瘦、皮膚乾癟的女子就往我們走來，滿臉笑容地依序把香腸分給大家。她現在看起來還真美。我們都叫她媽媽，她聽了很開心，還幫我們拍枕頭。

幾週後，我每天早上都要去贊德醫療機構（Zanderinstitut）做復健。復健時腿會被緊緊綁住，再練習活動。

手臂早就痊癒了。

來自前線的傷兵列車再度抵達。包紮繃帶的材料已經不是布，而是白色的皺褶紙。前線的包紮繃帶根本不敷使用。

亞伯特的截肢傷口恢復得不錯，幾乎快要癒合。再過幾週他就要去義肢單位。他話依然很少，也比以前嚴肅多了。他常常說話說到一半就停下來，若有所思地凝視前方。如果沒有我們陪在旁邊，他搞不好早就自殺了。不過，他現在已經撐過最糟糕的時期，偶爾會看大家玩斯卡特牌。

我拿到休養假。

母親不讓我離開。她很虛弱，病況比上次嚴重。

之後我又收到連隊的命令，必須回到前線。

跟我的朋友克洛普・亞伯特道別格外困難，但在軍隊裡的日子一天一天過去，大家也漸漸習慣了。

11

我們不再去數到底過了幾週。我到前線的時候是冬天，炮彈來襲時，冰凍的土塊幾乎和彈片一樣危險。現在，樹木又轉綠，日常生活在前線和軍營之間交替輪轉。我們差不多也習慣了，戰爭說穿了就跟癌症、肺結核、流行性感冒或痢疾一樣，只是死亡的其中一種原因。唯一差別是戰爭的死亡頻率更高，死法更多樣，也更殘酷。

思緒就像黏土，在日復一日的變化交替中揉捏成形：平靜無事時一切都好，炮火交加時就了無生氣。內在思想就像外在環境一樣，處處是彈坑。

不只我們如此，所有人都是這樣。從前的事物現在已不適用，也沒人記得以前究竟是什麼模樣。教育以及教養造成的差異已經模糊不清，幾乎無法辨識。在利用外在環境的現有條件時，這些差異有時能讓人佔優勢，但缺點是會讓人在行動時有所顧忌、遲疑，這都是我們必須去克服的。打個比方，這就像我們從前是來自不同國家的硬幣，現在全進了同一個熔爐、鑄造成相同款式。想要判斷這些硬幣的差異，就得仔細分析金屬的材質與組成。我們現在是士兵，日後才有可能以一種特殊、可恥的方式變回獨立的個人。

這是一種很偉大的兄弟情誼，這種情誼以某種特殊的方式，將民歌裡的一絲戰友情誼、死囚的團結以及不顧一切的相伴扶持，揉雜建構成某種生活形式。在危險之中，這種生活形式從死亡的緊張以及荒涼當中突圍而出，以毫不悲情的方式倉促取用贏得的時間。如果想要下什麼評語，這種生活方式既英勇又平庸，但又有誰想要去評斷呢？

這要怎麼解釋？比方說提亞登每次聽見敵軍要進攻，就會趕快把那碗加了培根的豌豆湯喝光，因為他不曉得自己一小時後是否還活著。這麼做到底對不對，我們討論了很久。卡特並不認同這種做法，他覺得胃部有可能中彈，到時後空腹會比滿肚子食物安全。

對我們來說，這些事情都是問題，非常嚴肅的問題，而且也無法去改變。徘徊在死亡邊緣的生活其實有著非常單純筆直的路徑，這種生活僅侷限在最迫切基本的事物上，其餘一切都陷入沉睡，這就是我們最原始的本能，同時也是一種救贖。假如把生活中的一切分得太細，我們早就瘋了，不然也有可能成為逃兵或是陣亡。這就像是攀爬一座高聳的冰山，生命中的每種表現都是為了要繼續生存，而且只能替這個目的服務。其他的一切都得被剔除，否則會造成不必要的能量消耗。這是唯一能拯救我們的方式。寂靜時刻，當過往回憶的神秘倒影如同一面黯淡的鏡子出現在我面前，映照出我此時的輪廓，我卻覺得眼前的自己好陌生。我忍不住訝異驚嘆，這股無以名狀的動力，那個大家稱之為生命的東西，竟然無形之中適應了這個形體。其他的生命形態與表達都在冬眠，活著就是不斷去窺探死亡的威脅，這讓我們成為有思想的動物，把那種名叫本能的武器交給我們。如果思緒太清楚、太有意識，恐怖就會將我們擊潰，所以大家都變得麻木不仁。生命喚醒心中的手足情誼，讓我們逃離荒涼孤絕的深淵。生命同時也讓我們變得跟野獸一樣冷漠，讓我們在任何時刻都能積極面對，將正面的情緒存下來抵抗虛無的衝擊。我們就這樣活著，過著極度膚淺、封閉的艱苦生活，只有偶發事件才會稍微擦出火花，但緊接著，猛烈可怕的渴望之火可能會瞬間燃起。

這些危險、危急的時刻讓我們發現適應不過是種人為操作，根本不代表真正的安寧，而是為了得到安寧的高度緊繃狀態。外表看來，我們的生活方式與叢林裡的野人別無二致，但他們原本就是這樣，所以能以這種方式持續生活，而且還能透過緊繃的精神狀態來充分發展。我們則完全相反：我們的內在力量並不是為了往前發展而緊繃，是為了往後退而緊張。他們輕鬆自然，我們則極度緊張做作。

夜裡，當我們從夢中驚醒，毫無防備地暴露在洶湧而來的幻覺迷惑中，才驚恐地發現，原來將我們與黑暗分隔開來的支架與邊界有多脆弱。我們是微弱的火苗，靠一面單薄的牆抵擋死亡與瘋狂的風暴。火苗在狂風中搖擺閃爍，有時甚至要熄滅。隨後，戰爭現場的低鳴怒吼變成一個圈圈，將我們環繞包圍。我們蜷縮在裡頭，睜大眼睛凝視黑暗，唯一的慰藉是戰友熟睡的呼吸聲。我們就這樣等待黎明到來。

每一天、每個小時、每顆炮彈，還有每一具屍體，全都在磨損這個脆弱的支柱，而歲月則讓它損耗得更快。我親眼看著這根支架在我身邊崩塌。

迪特林的蠢事就是一例。

迪特林是個我行我素的傢伙。倒霉的是，他在某個花園裡看到一棵櫻桃樹。我們剛從前線回來，這棵櫻桃樹立在新營區的一個彎道上，在黎明時分出其不意地出現在眼前。樹上沒有葉子，但開滿白花。

傍晚時，沒人看見迪特林的身影。後來他拿著幾根櫻桃花樹枝回來，大夥還開玩笑問他是不是在找新娘。他沒回答，直接躺回床上。到了半夜，我聽見他那邊傳來窸窸窣窣的聲音，好像是在收東西。我覺得不對勁，就過去找他。他裝作若無其事。我對他說：「迪特林，不要做傻事哦。」

「哪有，我只是睡不著。」

「你拿櫻桃花樹枝要幹嘛？」

「我只是折個櫻桃花的枝也不行嗎？」他頑固地回答，過一會兒才說：「我家有一大片果園，裡面也有櫻桃樹。櫻桃樹開花的時候，從穀倉上面看過去就好像一張大床單，好白好白。現在就是花開的時間。」

「搞不好很快就能休假，你是農民，說不定他們會讓你回去。」

他點點頭，但心不在焉。這些農民情緒一來，表情總是很特殊，看起來像牛又像渴望之神，雖然有點呆傻，又有些迷人。為了讓他清醒清醒，我跟他討了一塊麵包，他也爽快答應。這很反常，因為他向來很吝嗇。所以我一整晚都沒睡。不過那晚什麼事也沒發生，他一早看起來還是老樣子。

他可能有發現我一直在觀察他。後天一大早他還是離開了。我看見他離開，但什麼也沒說，好給他多一點時間，搞不好他能順利逃出去。有不少人都順利逃到荷蘭去了。

點名的時候，有人發現他不見了。一星期後，聽說戰地憲兵，也就是人人唾棄的軍警逮到他了。他往德國的方向逃亡，如果是這樣，成功機率自然相當渺茫。當然，這項決定一開始就很蠢。大家都曉得，他之所以逃亡，是因為思念家鄉，只是一時糊塗。但前線後方一百公里的軍事法庭法官能理解嗎？我們再也沒有聽到迪特林的消息。

有時候，這種危險、壓抑的感覺也會以其他方式爆發出來，就像過熱的蒸氣鍋爐。貝格爾的下場就是如此。

戰壕早就被夷為平地，我方前線也成了機動戰線，根本無法進行真正的陣地戰。進攻與反攻來來回回，只剩一條破碎的陣線以及彈坑之間的激烈搏鬥。成功突破前方防線之後，大批人馬四處建立陣地，彈坑也成了戰鬥的場域。

我們在彈坑中，一邊是英國人，他們從側面包抄來到後方。我方被包圍，這時要投降很困難，因為頭頂上方煙霧瀰漫，沒有人能看得出來我們想要投降。或許我們也不是真的想要投降，這種時候沒人曉得自己到底要什麼。手榴彈爆炸的聲音越來越近，我們的機關槍從前方掃射出一個半圓形區域，不過用來冷卻的水都蒸發了，我們趕緊把盒子傳來傳去，每個人都尿在裡面，這樣就有水可以繼續發射。不過後方的爆炸聲逐漸逼近，再過幾分鐘就要輸了。

這時，第二挺機關槍開始近距離掃射，機關槍就架在旁邊的彈坑，是貝格爾弄來的。現在我方從後方反攻。終於得救，我們也順利與後方取得聯繫。

我們躲到一個位置還不錯的隱蔽處時，負責領伙食的人說有一隻受傷的信號犬躺在距離大約一百多步的地方。

「在哪裡？」貝格爾問。

另一個人告訴他詳細地點。貝格爾就出去要救那隻狗，或是開槍讓牠解脫。半年前他根本不像是會做這種事的人，而且還會很理智。我們試圖阻止，但當他堅持要去，大夥只能說：「瘋了！」然後讓他去。前線躁鬱症一旦發作，如果沒辦法立即將當事人壓制在地，情況會變得很危險。貝格爾身高一百八，是整個連裡面最有力的。

他是真的瘋了，因為這一出去得要穿越槍林彈雨。那道時時刻刻在大家頭頂潛伏的閃電，就這樣擊中了他、將他攫住。有些人發作時會暴怒狂奔，還有人會用手、腳和嘴巴一直挖土，想整個人鑽到土裡。

當然，這種情況有很多是裝的，但假裝本身也是一種徵兆。想去解救那條狗的貝格爾骨盆中彈，被抬了回來，去抬他的其中一個人還被機關槍打中小腿。

穆勒死了。一顆照明彈近距離擊中他的胃部。他中彈後意識依舊清醒，在極度痛苦中多活了半小時。他在死前將皮夾交給我，也把凱姆利希留給他的那雙靴子轉送給我。我換上那雙靴子，穿起來非常合腳。我已經答應提亞登，我死的話會把靴子送給他。

雖然我們將穆勒的遺體埋好了，但他大概無法在那裡安息太久。我軍防線持續撤退，對面有太多英國和美國軍團，太多白麵粉和罐頭牛肉。炮彈太多，戰鬥機也太多。

我們又瘦又餓。伙食太差，裡面加了太多食材的替代品，搞得大家越吃越不健康。德國的工廠主人都成了有錢人，我們的腸胃卻得忍受痢疾的折磨，茅廁裡永遠蹲滿了人。留在後方家園中的那些人真該來看看這些蠟黃、淒慘、委屈的臉孔，瞧瞧這些彎曲的身體，腹絞痛幾乎要把鮮血從身體裡擰出來。不過，大夥頂多只會用痛到扭曲、顫抖的嘴苦笑說：「好像也不用把褲子拉起來……。」

由於炮彈不足、砲管老舊，發射時無法精確瞄準，炮彈偶爾還會落在自己陣營，我方砲兵連決定停止射擊。馬匹也太少，生力部隊竟然全都是些貧血、需要休養的男孩。他們連背包都背不起來，只知道怎麼送死。這種人成千上萬。他們對戰爭一無所知，只知道往前衝、當人肉標靶挨子彈。有兩個連才剛下火車，根本不曉得什麼是掩護，就被敵方的一架軍機炸得全員陣亡，好像是在開玩笑。

「德國應該馬上就要沒人了。」卡特說。

戰爭真的會結束嗎？我們完全不敢奢望，甚至也沒想那麼遠。有可能會中彈身亡，也有可能會受傷；受傷的話，下一站就是野戰醫院。就算沒被截肢，遲早也會落到那些鈕扣上有戰功十字勳章的軍醫手上。他們會說：「怎麼了？不過就是一條腿比較短吧？戰場上只要有勇氣就夠了，能不能跑根本沒差。這人可以打仗。解散！」

卡特說了一個故事，這則故事已經從佛日傳到法蘭德斯，整個前線都聽過。據說有位軍醫拿著體檢名單點名，被點到名的人出列時，他看也不看就說：「可以打仗，前線需要士兵。」有個裝了木腿的人出列，軍醫一樣說：「可以打仗。」卡特這時提高嗓門說：「然後呢，那個人就跟軍醫說：『我已經裝木腿了，如果在前線頭部又中彈，那我就換個木頭腦袋，這樣就能當軍醫了！』」我們都覺得這個回答很讚。

好醫生當然也有，而且為數不少。但每一位士兵在一百次的體檢當中，總會有一兩次倒霉碰上這種愛抓人上戰場的軍醫。他們無所不用其極將各種能作各種替代勞動或是在駐防部隊服役的體位，都升格成能上戰場打仗的級別。

這種案例不勝枚舉，而且實際上都更辛酸。這些故事並不是要造反，也不是在抱怨發牢騷，而是誠實揭露真相。軍中存有太多欺騙、不公不義和卑鄙下流的事情。把一批批新入伍的士兵送上戰場，參與這場越來越沒有指望的戰爭，即便防線不斷崩潰後退，還是一次次下令進攻，這種爛事難道還不夠多嗎？

原本是笑柄的坦克車變成了重型武器，裝甲齊全，排成一列長長的隊伍滾滾而來。對我們而言，坦克車比任何東西都能體現戰爭的恐怖。

我們看不見向我們猛烈發射的大炮，進攻線上的敵軍跟我們一樣是人。但坦克車是機器，底下的履帶像戰爭一樣沒有盡頭地運轉著，象徵毀滅。坦克車冷血無情滾進彈坑再爬出來，根本就是一支咆哮噴煙的戰隊，所向披靡、無法抵擋。坦克就像鋼鐵做的野獸，無差別輾壓死者與傷者。坦克當前，我們只能縮在薄薄的皮膚裡。與坦克的無比破壞力相比，手臂只是麥稈，手榴彈也變成火柴棒。

炮彈、毒氣、坦克車隊——輾壓、吞噬、死亡。

痢疾、流感、傷寒——窒息、發燒、死亡。

戰壕、野戰醫院、萬人塚——沒有其他可能。

連長貝廷克在一次進攻當中陣亡。他是相當出色的前線指揮官，碰到任何危急情況總是站在最前線。他率領我們這連已經兩年，一次都沒有受傷，但該來的還是躲不掉。我們待在一個洞裡，外頭敵人環伺，油和煤油的臭味連同火藥的煙霧一起飄進來。我們看見兩個人拿著火焰噴射器，其中一人背著箱子，另一人手持噴火的軟管。要是他們繼續逼近，我們絕對死路一條，因為這時後方也無路可退。

我們持續開槍射擊，但他們還是繼續靠近，情況實在不妙。貝廷克和我們一起待在洞裡。由於炮火密集，我們必須盡可能尋求掩護，子彈怎麼樣也射不中他們。貝廷克察覺到這個情況，拿起步槍爬出洞口，手肘撐地，趴在地上瞄準射擊。就在他扣下板機的那一瞬間，一顆子彈啪一聲打在他身上。他中彈了。他還是趴著，繼續瞄準——他停頓了一下，重新瞄準，砰一聲子彈發射。貝廷克放下步槍，說聲「好了」，就滑回洞裡。後面那個拿噴火槍的人中彈倒下，軟管從另一人手中滑開，火焰向四面八方噴射，前面那人也燒了起來。

貝廷克胸口中彈，過了一下子，另一顆子彈飛過來把他的下巴擊碎，而這顆子彈威力竟然大到又打傷勒爾的臀部。勒爾發出呻吟，用手臂撐著身體。他失血速度過快，大家都束手無策，幾分鐘後他就像根漏得精光的軟管一樣癱在地上。以前他在學校是數學高手，可是那又有什麼用？

幾個月就這樣過去。一九一八年夏天是最血腥、最難熬的時期。日子就像穿戴金藍服飾的天使一樣，讓人難以理解地站在毀滅的擂台上方。每個人都曉得這場戰爭輸定了，但也沒人多說什麼。我們要回去了。這次大規模進攻之後，我們就沒辦法繼續向前挺進。我方傷亡慘重，彈盡糧絕。

不過戰爭依然持續，死亡亦然。

一九一八年夏天，我們從來沒有像現在這麼嚮往樸實簡單的生活。營區草地上紅色的罌粟花、草桿上光滑的甲蟲、在半明半暗的涼爽房間中度過的溫暖夏夜、夜幕降臨時神秘黑暗的樹影、星星和流水，美夢和綿長的睡眠。噢，生活、生活、生活！

一九一八年夏天，在這個出發上前線的時刻，我們以前所未有的沉默和吞忍面對內心的情緒。停戰與和平的傳言四起，大家紛紛猜測、談論，心頭無比混亂與奮。每次要上前線都變得更加困難！

一九一八年夏天，炮火轟鳴，慘白的臉孔趴在污泥裡，雙手痙攣，心裡只想著：不！不要！拜託不要是現在！不要在這個最後關頭！前線生活中再也沒有比這更痛苦悲慘的時刻。

一九一八夏天，希望的風吹過焦黑的原野。焦急、失望的躁動、最讓人痛苦的死亡恐懼，還有大家無法理解的問題：為什麼？為什麼還不結束？為什麼戰爭就要結束的謠言依然滿天飛？

空中有好多戰鬥機，它們十拿九穩地獵殺地面上的每個人，就像獵兔子那樣。德國每派出一架軍機，英國和美國就會出動五架戰鬥機；面對戰壕裡每一位飢餓疲憊的德國士兵，敵方會出動五位身強體壯的新兵。德國這邊每分一條軍糧麵包，敵方那邊就發放五十罐肉罐頭。但我們並沒有被擊敗，我們是更優秀、更有經驗的士兵，只是在強好幾倍的優勢碾壓之下不得不退。

接連幾週的大雨籠罩——灰色的天、灰色的污泥、灰色的死亡。每次搭車出發，濕氣就徹底滲進外套和軍服，在前線的日子都是如此。我們永遠濕答答。穿靴子的人將沙袋綁在靴子上，讓泥水不會太快流進靴子。步槍生鏽了，軍服表面也黏了一層泥。一切都在溶解和流動。潮濕、油膩、黏糊糊的大地上形成一片黃色的水池，水面上飄著螺旋狀的血水，死者、傷者和倖存者都慢慢陷進去。

暴風雨抽打我們，冰雹般的彈片從灰黃渾沌的空中落下，被擊中的人像孩子般發出淒厲的哭喊。入夜後，破碎的生命費力呻吟，最終歸於寂靜。

手上都是泥土，身體沾滿污泥，眼裡的雨水形成了小水窪。我們根本不曉得自己是否還活著。

然後，熱浪像水母一樣突然竄進洞穴，空氣又濕又悶。在夏末的某一天，卡特去取食物時倒下了。只有我們兩個人。我幫他包紮傷口，小腿骨好像碎了，子彈剛好打在骨頭上。卡特絕望地呻吟：「都這個時候了……偏偏在這個時候……。」

我安慰他：「誰曉得這場災難還要持續多久！你現在解脫了……」

傷口大量出血。我想去找擔架，但又不能留卡特自己一個人在這裡。我也不曉得附近哪裡有急救站。

卡特沒有很重，所以我背他往回走去包紮站。

途中我們休息兩次。背他回去的過程讓他非常疼痛。我們沒多說話。我將夾克的扣子解開，大口喘氣、滿頭大汗，因為使勁背他走路，連臉也都腫了。雖然疲憊，但是這一區很危險，所以我還是催促著要繼續趕路。

「還可以走嗎，卡特？」

「不走不行啊，保羅。」

「那走吧。」

我扶他起身，他用沒受傷的腿站起來，身體靠在一棵樹上。我小心扶著他受傷的那條腿，他用力一跳，我就把沒受傷那條腿的膝蓋夾在腋下。

路越來越難走。有時候會有手榴彈呼嘯而過，我盡可能加快腳步，因為卡特的傷口一直滴血。要閃避炮擊實在困難，在找好掩護之前，炮彈就有可能會飛過來。為了等這波轟炸結束，我們躲進一個小彈坑。我從水壺裡倒了一些茶給卡特，還一起抽了根菸。「唉，卡特，」我哀傷地說：「這下我們真的要分開了。」

他沒出聲，只是看著我。

「卡特，你還記得嗎？一起抓鵝那次。還有我剛入伍，第一次受傷的時候，你把我從那個慘況救出來那一次。那個時候我還在哭呢。卡特，到現在都已經要三年了。」

他點點頭。

孤單的恐懼突然將我攫住。卡特被送走之後，我在這裡就沒朋友了。

「卡特，要是你回來之前就停戰了，我們不管怎麼樣都要再見個面。」

「你覺得我的骨頭都這樣了，還有辦法回來打仗嗎？」

「一定會慢慢痊癒的，你關節又沒問題，應該能順利恢復。」

「再給我一根菸。」他說。

「搞不好以後可以一起做點什麼。」我很難過，卡特，這不可能，卡特——卡特，我的朋友，圓肩駝背、鬍子稀疏柔軟的卡特。卡特，我比任何人都了解他，我們也一起度過這幾年的時光——但未來再也見不到了。

「不管怎麼樣，一定要留你家地址給我，卡特。這是我的地址，我寫給你。」我把他寫給我的紙條塞進胸前口袋。即便他還坐在身邊，我已經開始惆悵。我是不是該朝自己的腳開槍，好跟他待在一起？卡特突然發出急促的呼吸聲，臉色發青。「趕快走吧。」他結結巴巴地說。

我馬上跳起來，急切地想幫他，背著他往前跑，像跑馬拉松那樣穩穩、慢慢地跑，這樣他受傷的腿才不會晃動得太厲害。

我的喉嚨好乾，眼前也冒出紅色與黑色的星星。我咬緊牙關，不顧一切跌跌撞撞往前跑，終於來到急救站。

到了急救站，我腿一軟跪倒在地，但還有足夠的力氣往卡特沒受傷的那一邊倒。過了幾分鐘，我才慢慢站起來，雙腿和雙手都在劇烈顫抖。我費了一番功夫才找到水壺，喝了一口水。喝水的時候嘴唇也一直抖，但我笑了——卡特得救了。

過了一下子，我才開始分辨耳邊各種混亂的聲音。

一名救護兵說：「其實沒這個必要。」

我不解地看著他。

他指著卡特說：「他已經死了。」

我不懂。「他是小腿中槍。」我說。

救護兵原地不動。「小腿中彈沒錯，但也已經死了——」

我轉過身，視線依然相當模糊，額頭又開始冒汗，汗水順著眼皮往下滴。我擦掉汗水，看著卡特。他躺著不動。「他是昏過去了。」我急著說。

救護兵輕輕吹了一聲口哨。「我絕對比你清楚，他死了，我敢打賭。」

我搖搖頭。「不可能！十幾分鐘前我還在跟他說話，他只是昏過去而已。」

卡特的手還是暖的。我抓住他的肩膀，用茶擦擦他的身體。這時我發現我的手指都濕了。我把手從他的後腦勺抽回來，上面全是鮮血。救護兵又透過牙縫吹了聲口哨。「你看吧。」

剛才趕路的過程中有一片彈片打中卡特的頭部，我完全沒有察覺。只是一個小洞，應該是一塊非常小的榴彈碎片，但也已經具備足夠的殺傷力。卡特死了。

我慢慢起身。

「你要把他的軍人證跟東西帶走嗎？」那個二等兵問我。

我點點頭，他把東西交給我。

那位救護兵很困惑。「你們不是親戚吧？」

不是，我們不是親戚。不是，不是親戚。

我要現在走掉嗎？我還有腳嗎？我抬起雙眼，讓眼珠旋轉，我也跟著轉，轉了一圈、一圈，又一圈，最後停下來。周圍一切如常，只是後備兵斯坦尼斯勞斯・卡欽斯基死了。

然後我就什麼都不知道了。

12

時序入秋，老兵沒剩幾位，在我們這個七人班當中只剩我一個。

人人都在討論和平與停戰，人人都在等待。如果再失望一次，那大家都會崩潰。停戰的渴望太過強烈，要是不來個大爆發是不會消失的。如果和平遲遲不來，肯定會掀起一波革命。

因為吸到了一些毒氣，我可以休息兩個禮拜。我整天坐在小花園裡曬太陽。現在連我都相信停火的日子就快到了，到時就能回家了。

我的思緒停在這裡，無法往前方推進。深深吸引著我、等待著我的，其實是無法抗拒的感情，是對生命的貪戀，是對家鄉的思念，是一股沸騰的熱血，還有得到救贖的快感。但這些都不是目標。

如果我們是在一九一六年回家，會因為內心的痛苦與深刻的經歷而掀起一場強烈的風暴。如果是現在回去，我們只剩疲累、崩潰、頹喪、無根、厭倦無望。再也找不到方向。

民眾也不會理解我們。上一代人雖然和我們在這裡共度幾年歲月，他們有家、有工作，能夠重回原本的生活、把戰爭忘掉。而在我們之後成長的那一代人，就跟我們以前一樣，也會與我們產生一種距離感、將我們推到一邊。我們對自己來說也是多餘的。年齡繼續增長，有些人能夠適應，有些人得以融入群體，有些人則會無所適從。時光逐漸流逝，最後我們會消亡。

也許我會這麼想，單純是因為憂傷和沮喪。當我再次站在白楊樹下，聽著沙沙的樹葉聲，這些憂鬱消沉的念頭說不定會漸漸遠去。那令我們血液沸騰躁動的柔情，那些未知的、令人詫異的、即將到來的、未來千變萬化的樣貌、夢中和書本裡的旋律、對女人的情慾和想像，這些東西都不會消失。密集猛烈的炮火、絕望，以及軍妓院都不會將這些情感徹底覆蓋或抹去。

這裡的樹木閃著五顏六色的金光，紅紅的花楸果實懸掛在樹葉之間，白色的鄉間小路往地平線延伸。軍營食堂像蜂窩一樣嗡嗡傳來和平的謠言。

我站起身。

我內心平靜。日復一日，年復一年，即便歲月流逝，它們也不會再從我身上帶走任何東西。什麼也帶不走。我是如此孤獨，完全不抱期望，可以毫無懼色地面對未來。帶領我走過這些年的生命依然在我手中和眼裡。我已經戰勝那段過去了嗎？我不曉得，但只要它還存在，無論心中的那個「我」願不願意，它都會尋找自己的出路。

他在一九一八年十月倒下，那天整個前線寂靜無聲，軍隊指揮部的報告上也只有一行字：西線無戰事。

他向前倒下，躺在地上，彷彿睡著了。其他人將他的身體翻過來，能發現他死前沒有經歷太多痛苦——表情如此沉著，似乎是對這樣的結局心滿意足。

譯後記

溫澤元 撰

初讀《西線無戰事》是在二〇一八年三月，是我到德國當交換學生的第二學期。本書是文學選讀課的指定讀物，也是我學德文以來第一本完整讀完的德國文學。

為何選作教材，這點教授並沒有多著墨，只給了個簡單的解釋：在當今德國社會，兩次世界大戰依然是文學或電影創作中常見的命題，而這本書的語言門檻不算高，對於有一定程度的德語學習者來說不難入口。

就算撇除教授的說法，《西線無戰事》在德國文學史中本就是相當重要的存在。它在兩次世界大戰之間出版，隨即引起廣大迴響、締造銷售佳績，成為反戰文學代表作。但其中對愛國主義的質疑與納粹精神相牴觸，因而成為納粹黨焚書行動中最常被燒毀的文學作品。

在我看來，這部作品之所以成為暢銷文學經典，要歸功於雷馬克的敘事角度。敘事者保羅．鮑默高中還沒畢業就被迫提槍上陣。從剛入伍的滿腔熱血、為國奮戰，到最後看清戰爭真相、精神肉體都傷痕累累；昨日還在前線近身肉搏、閃躲炮彈，今天卻能閒散無憂地在營區烤肉喝酒、抽菸打牌。跟著保羅，讀者從一介小兵的角度出發，切身體會戰爭的徒勞、殘酷、虛無，以及死亡當前各種細膩柔韌的情感、慾望和人性。

就語言層次而言，本書文字淺白簡潔，少有冗長的關係子句，確實提供流暢、平易近人的閱讀體驗。我從某一個書評節目中得知，雷馬克在一戰後當過記者與編輯，而他想用最直接好懂的語言，將戰地經歷以及反戰思想傳遞給當時的讀者。這部作品起先是在報紙上連載，目標讀者為普羅大眾，加上敘事者只有十九歲，表達本就不會咬文嚼字。在翻譯的過程中，這些都是我特別留意的原則，希望譯文能盡可能貼合雷馬克的寫作精神。

少了華麗修飾的語言，情感力道更直接、強烈，搭配緊湊的情節，《西線無戰事》對我來說是非常成功的文學典範：能夠跳脫文化與時代的隔閡，在各個背景與世代的讀者心中產生不同意義。無論是初次閱讀，還是時隔六年後翻譯重讀，保羅．鮑默和他軍中同袍都帶給我許多感動。

只要人類尚存，各種形式的政治鬥爭與軍事衝突或許也就不會消失。期待這個版本能觸動更多中文讀者，在大家心中勾起些許漣漪和反思。

人名 中德文對照表

請見：http://qrcode.bookrep.com.tw/westen，或掃描以下 QR code。

一起來　0ZLI0001

西線無戰事

Im Westen nichts Neues

作　　　者　埃里希・瑪利亞・雷馬克 Erich Maria Remarque
譯　　　者　温澤元
主　　　編　林子揚
編 輯 協 力　鍾昀珊

總　編　輯　陳旭華 steve@bookrep.com.tw
出 版 單 位　一起來出版／遠足文化事業股份有限公司
發　　　行　遠足文化事業股份有限公司（讀書共和國出版集團）
　　　　　　231 新北市新店區民權路 108-2 號 9 樓
　　　　　　02-22181417
法 律 顧 問　華洋法律事務所　蘇文生律師

封 面 設 計　廖韡
內 頁 排 版　新鑫電腦排版工作室
印　　　製　通南彩色印刷股份有限公司
初 版 一 刷　2025 年 3 月
定　　　價　400 元
I　S　B　N　978-626-7577-28-8（平裝）
　　　　　　978-626-7577-30-1（EPUB）
　　　　　　978-626-7577-29-5（PDF）

國家圖書館出版品預行編目（CIP）資料

西線無戰事 / 埃里希・瑪利亞・雷馬克 (Erich Maria Remarque) 著 ;
溫澤元 譯 . -- 初版 . -- 新北市 : 一起來出版 , 遠足文化事業股份有限
公司 , 2025.03
272 面 ; 14.8×21 公分
譯自：Im Westen nichts Neues

ISBN 978-626-7577-28-8（平裝）

875.57 114000651